DATE: ○○ / △△
その日の夕食は乾燥野菜と
干し肉を一緒に煮込んだスープと、
堅焼きパンだった。
難点はそこまで美味しくないことだけど、
十分に食べられるので問題はなし。
「久しぶりですね、こんな食事も」
JN020209
03
Management of
Novice Alchemist
No money...?

Lorea
ロレア
ヨック村の雑貨屋の娘。
サラサの店でお手伝いをする
Sarasa Feed
サラサ・フィード
新米錬金術師。学校を卒
業後、師匠にもらった
ヨック村の店舗で錬金術
師のお店を開く

嘘つき転校生は
運命の幼なじみに
試されています。
ライアー・ライアー
5
彩園寺 更紗

CONTENTS

It's said that the liar transfer student controls
Ikasamacheat and a game.

liar liar

Management of Novice Alch...
No money...?
Iris Lotze
アイリス・ロッツェ
採集者。サラサに命を救われるが、
大きな借金を背負うことに
Kate Starven
ケイト・スターヴェン
アイリスのパートナー。
アイリスと共に彼女の治療費を
サラサに返済していく
DATE: ○○ / △△
私の感じ取れる三人の魔力量は、
平民としては実に平均的。
つまり、あまり魔法には向いていないわけで、
頑張って使えるようになったとしても、
手作業以上の効率を上げることは、かなり難しいだろう。

Management of Novice Alchemist
No money...?
DATE: ○○ / △△
溢れ出たのは、灼熱の炎。
みるみるうちに周囲の温度が上がり、皮膚がヒリヒリと灼ける。
吸い込む空気すら燃えているようで、喉が痛い。
くぅっ、誰だ！ サラマンダーを斃そうなんて言い出したのは!!

新米錬金術師の店舗経営03

お金がない?

いつきみずほ

ファンタジア文庫

2945

口絵・本文イラスト　ふーみ

Contents

Management of Novice Alchemist No money...?

第三章

お金がない？

03

Management of
Novice Alchemist No money…?

Prologue

プロローグ

ちょっと困った商人さんに、ヨック村からご退場頂いてしばらく。

一時期はバブルのような好景気に沸いていた村の様子も、私が氷牙コウモリの牙の買い取り価格を大幅に下げたことに加え、洞窟に生息する数が減ったこともあり、だいぶ落ち着きを取り戻していた。

文句を言う採集者も少しはいたけれど、『来年以降の資源保護のため』と言えば、ほとんどは素直に引き下がってくれたので大きな問題は起きていない。

そもそも大半の冒険者はそれまでに十分稼いでいたし、この村でのお金の使い道なんて、多少良いお酒を買って飲むぐらい。

必然的にお金も貯まって懐は温かく、当面の生活に問題はないのだから。

「とはいえ、私自身は労多くして功少なしって感じだけどねぇ」

ここ最近のちょっとした苦労とその結果を思い出し、やれやれと首を振る私。

そんな私に、ロレアちゃんが不思議そうに小首を傾げ、目をぱちくり。

「そう、ですか？　私にはそこまで大変そうには見えなかったんですが……」

「……あれ？　そうだった？」

錬金術師なのに洞窟に行って狩りをしたり、サウス・ストラグに行って各種打ち合わせをしたり、商人と交渉をしたりと、それなりに大変だったんだけど？

アイリスさんたちにも視線を向けてみれば、二人もロレアちゃんに同調するように頷く。

「店長殿が頑張っていたのを否定するつもりはないが、十分な利益は得ているよな？」

「現金はそれほど手元に残ってないみたいだけど、店長さん、結構な債権者……いえ、投資家？　になったのよね？」

「一応は、そうですが……」

氷牙コウモリの牙を使った、ちょっとした投機で稼いだお金の大半は、レオノーラさんとの共同出資という形で、件の商人——ヨク・バールが持つ他の錬金術師に対する債権、それの買い取りに使ってしまっている。

即金で払う代わりに、かなり安く買い叩いたみたいだけど、現時点ではすぐに利益が上がるような投資先というわけでもなく……。

「そこから収益が得られるのは当分先なんですよねぇ。むしろきちんと回収できるか、ちょっと不安なぐらいで。そもそもが、商売上手とは言えない錬金術師ですし」

本来、多少商売が下手でも、無理をせず地道に、退屈な作業をコツコツと熟してお金を貯めていけば、借金生活になんて突入しないのが錬金術師という職業。

それなのに、借金状態になっている錬金術師相手の債権なわけで。

一応、借金を抱えた事情、その他に関しては、レオノーラさんが『資産評価が大事だから！』と調査したみたいで、私も聞いているんだけど……同情せざるを得ない人から、呆れるしかない人までピンキリだった。

それ故、ダメな人は厳しめに、そうじゃない人には甘めに、返済計画に差を付けてレオノーラさんがしっかりと取り立ててくれる予定。

距離的な問題もあって、そのへんは完全にお任せなんだよね。

「しかし、サラサさん、よくそんな相手にお金を貸しましたね？」

「ん～、債権の買い取りだから、貸したのとは少し違うけど……」

一応、『呆れるしかない相手』に関しては、かなり頻繁に厳しい監査を入れると言っていたので、たぶん大丈夫、と思いたい。

やや投機的ではあったけど、元手は私が苦労して稼いだお金なんだから。

彼らだって錬金術師の資格を取れるだけの実力はあるんだから、堅実に働けば利益はきちんと出せるはずだしね。

「ま、仮に焦げ付いても、素材はたくさん手に入ったから問題はないかな？　しばらくは錬金術に集中できそうだよ、ありがたいことに」

最後にヨク・バールから買い取った氷牙コウモリの牙はさすがに量が多く、私だけで消費しきるのは厳しかったので、師匠の伝を使って各種素材との交換をお願いしたのだ。

それらの素材のおかげで、しばらく停滞気味だった錬金術大全の消化がコンスタントに進み始めたから、そのことだけでも手間を掛けた甲斐があるというもの。

ヨク・バールもたくさんお金を落としていったので、村全体で見ればプラスだしね。

「今、店長殿が作っているそれも、そのうちの一つなのか？」

「これは共音箱という錬成具だよ。素材の提供はレオノーラさんだけど」

「へぇ、どうやって使うの？」

「ちょっと待ってね、もうできるから。……よし、完成」

出来上がったのは、手のひらサイズの四角い木箱。

一見、ただの木箱なんだけど、もちろんそんなはずもない。

「これに手を置いてね……『テスト、テスト。レオノーラさん、聞こえますか？』」

『聞こえるわ。成功ね。必要なときは、いつでも連絡してきなさい』

箱から突然響いた声に、アイリスさんたちが目を丸くする。

「成功だね。『はい、ありがとうございます。それではまた』。――という物」

「これは……、離れた町と話ができるのか？」

「はい。結構魔力を使うから、長距離・長時間の使用は難しいんだけど」

身を乗り出し、じっと共音箱を見るアイリスさんに、私はそれをポンと手渡す。

「ほう、軽いんだな？」

「こんな小さな箱で……凄いわね。もっと普及しても良さそうだけど……？」

「凄い錬成具なんですね。見た目はただの木箱みたいなのに」

共音箱はアイリスさんの手から、ケイトさん、ロレアちゃんへと渡り、全員が興味深そうに、箱をくるくると回しながら観察している。

「ちょっと高いからね。標準的な販売価格で五〇万レアだし」

「えっ!! はわっ、はわっ！」

私の言葉に、ちょうど共音箱を持っていたロレアちゃんがびくりと震える。

そしてポロリとこぼれる共音箱。

「危ない！」

素早く動いたのはアイリスさん。

床に滑り込み、共音箱を抱き抱えるようにキャッチ。落下を防ぐ。

「あわわ……す、すみません！」

「いや、大丈夫だ。しっかり受け止めたからな」

慌ててアイリスさんの隣にしゃがみ込むロレアちゃんと、そんなロレアちゃんにイケメンな笑みを向け、その手を取ってゆっくりと立ち上がるアイリスさん。だけど――。

「心配しなくても、普通に落としたぐらいじゃ壊れませんよ？　余程運が悪くない限り」

「それは、運が悪ければ壊れるってことよね？　店長さん、高価な物は高価な物っぽく渡して。びっくりするから」

「なるほど。了解です」

どうやれば良いのか、いまいち解らないけど。

ちょっと高いだけでビクビク扱っていたら、師匠の所でバイトなんかできなかったし。

そんなの、逆に危ないから。

「あと、普通の人にはちょっと使いづらいのも普及してない理由ですね」

転送陣に比べると大幅に省エネな共音箱だけど、普通の人なら魔晶石を消費しなければ使えないし、多少魔力がある人でも隣町ぐらいまで離れると、ちょっと厳しい。

つまり、共音箱を使おうと思うなら、魔晶石を用意するコスト、もしくは魔力が多い人を用意するコストのいずれかが必要なわけで。

購入費用に加えて運用コストも高いとなれば、普及しないのも宜なるかな。

今回作ったのも、私のレベルアップに必要なことの他に、私とレオノーラさんの間で使うのなら、運用コストを無視できることが大きい。

その上、今後も協力体制を維持するのに、共音箱はかなり有用なアイテム。

レオノーラさんに素材の提供と作製を提案された時には、正に渡りに船と、二つ返事で同意したのだった。

「やはり、普及しないにはしないだけの理由があるということか。――ところで店長殿、一つ相談があるのだが、良いだろうか？」

「ええ、構いませんよ。なんですか？」

躊躇い、目を伏せるアイリスさんの背中を押すように、私が微笑んで頷くと、彼女は少し迷いながらも口を開いた。

「……うむ。氷牙コウモリの採集はもう終わりだろう？　なので、氷牙コウモリほどとは言わずとも、店長殿お薦めの効率の良い素材はないだろうか？」

「私たち、店長さんに借金があるじゃない？　だから店長さんが手に入れたいような物か、効率の良い物があれば、と思って。いつも店長さん頼りで申し訳ないんだけど」

「効率の良い物ですか。そうですねぇ……」

そこまで急いで返してもらう必要はないんだけど、早く返したいというアイリスさんたちの気持ちも解る。

借金なんてしてたら、落ち着かないよね、やっぱり。

「大樹海ですから、当然、一回で借金を返せるような採集物もありますが――」

私がポツリと漏らした言葉に、アイリスさんたちが顔に焦りを浮かべ、言葉を挟む。

「あっ、も、もちろん、私たちが無事に帰ってこられるようなレベルで頼む」

「そ、そうね。また大怪我をして、結果的に借金が増えることになったら、本末転倒だし」

「もちろん、解っていますよ。アイリスさんたちの能力からすると……」

スパイトワームは一度にたくさん運べるし、在庫も不足しがちだけど、アイリスさんたちに頼むのはちょっと勿体ないか。

近場であれば、それこそロレアちゃんでも集められるような素材だし、たくさん見つけるのは結構大変。時間あたりの稼ぎはさほど多くない。

火炎石はこれから冬にかけて需要が増える素材で、買い取り価格も高いけど、この近辺で採取できるのはヘル・フレイム・グリズリーの生息地域。

先日の狂乱の原因も判ってないのに、そこに行くのはちょっと危険性が高い。

時季的にはジョフエの実が生っているはずだけど、一つで数万レアになる代わりに滅多に見つからないから、これを探しに行くのはかなりのギャンブル。

あれは他の採集のときに見つける、ボーナスアイテム的素材だから。

そうなると他には……。

「そうですね、腐果蜂の蜂蜜はどうですか？　時季的にも合っていますし、高級蜂蜜の原料になりますから、かなり高く買い取れますよ？　準備は必要ですけど、大きな巣を見つければ一気に稼げますから」

頭に浮かんだいくつもの素材を検討し、現在のアイリスさんたちに向いていると思われる物を提案したところ、二人は揃って首を傾げた。

「腐果蜂？　ケイト、知っているか？」

「いいえ。初耳。店長さん、申し訳ないんだけど、詳しく教えてもらえる？」

「ええ、構いませんよ。えっと――」

腐果蜂とは、その名の通り、腐った果実を主食としている蜜蜂のことである。

通常は秋の終わり頃によく活動するのだが、氷牙コウモリが生息している地域では、夏頃から活動を開始する。

その狙いは、氷牙コウモリが貯蓄して腐らせてしまった果物。

食糧を狙う腐果蜂は、本来であれば氷牙コウモリにとって敵となるはずだが、その対象は氷牙コウモリが食べない果実。奪われたところで問題はない。

それどころか洞窟に侵入する他の敵を排除してくれることすらあり、一種の共生関係となっている。

そんな腐果蜂が氷牙コウモリの果実から集めた蜂蜜は特に珍重され、買い取り価格も通常の蜂蜜とは比較にならない。

「ちなみに、氷牙コウモリの洞窟がある近くでは、腐果蜂の巣も大きくなる傾向があるようです。食べ物がたくさん得られますからね」

「なるほど……ん？　もしかして、今、氷牙コウモリの洞窟に入ると、その蜂に襲われるのか？」

説明の中にあった『敵を排除』に気付いたらしいアイリスさんに、私は頷く。

「危険性はあります。虫除けの錬成具を持っていれば、大丈夫だとは思いますが。あ、腐果蜂の蜂蜜を採取するときには、〝虫除け〟じゃなくて〝虫除けベール〟がお奨めです」

「普通の虫除けじゃダメなのか？　そっちの方が高いだろう？」

「ダメです。〝虫除け〟は虫が忌避するエリアを作る錬成具ですが、自分たちの巣が襲われているとき、『忌避する』程度で逃げ出すと思いますか？」

「……確かに。他に必要な物は？」

「蜂毒に対応した解毒薬は必須でしょうね。下手をすれば死にますから」

これ重要、と強調する私に、ケイトさんが目を丸くする。

「死ぬの!?　そんなに危険な蜂なの？」

「誰でも採取できるなら、高くは買い取れませんよ」

「ぬ……それはそうだな。私たちだけじゃなく、アンドレたちも誘うべきか……？」

「そのあたりはお任せします。巣が森のどの辺りにあるか次第ですが、安全性を優先するなら誘った方が良いでしょうね。稼ぎ優先なら別ですが……」

蜂自体はさほど脅威でなくとも、森は他にも魔物が存在するわけで。

蜂を追いかけて森の奥深くまで侵入してしまえば、アイリスさんたち二人だけではちょっと不安。でも、そのあたりは彼女たちが考えるべきことだろう。

一応、プロの採集者なんだからね。

「ありがとう、店長殿。どうするかはよく考えてみる」

「はい。くれぐれも、お気をつけて」

Episode 1

蜂蜜採取とその成果

「さてさて。今日は何を作ろっかなぁ？」

お仕事に出かけたアイリスさんたちを見送った私は、本業に取り掛かっていた。

投機や投資で儲けるのもありだけど、まずは錬金術師として成長する方が優先だからね。

少しずつ進めていた錬金術大全の四巻も残りは僅か。

もう少しで五巻だけど、師匠曰く『このあたりから大変になってくる』らしい。

大変とはいえ、真面目にスキルアップに励んでいれば、先に問題になるのは、技術面よりも資金面。

レベルアップのためには、売るあてもない商品を作らないといけないわけで。

かなり資金に余裕がないと、大量の在庫を抱えるのは、かなーり、キツい。

どのぐらい大変かと言えば……アイリスさんが死にかけていた時に使用した錬成薬。

あの錬成薬が載っているのも、実は四巻だったりする。

アイリスさんたちが返済に苦労していることからも解る通り、作製に必要な素材はかなり高価で、そのコストは倉庫にお金が唸っていた頃の私でも躊躇するほど。

今の手持ちの現金だと……ギリ？　足りない？　そんな感じ。

このぐらいの資金レベルで無理に挑戦した場合、錬成に失敗すれば破産。

成功したところで売り先がなければ、運転資金が足りなくなって終わり。

こんな感じの錬成具（アーティファクト）や錬成薬（ポーション）が四巻以降にはいくつも載っているわけで。

師匠が『大変』と言うのも宜（むべ）なるかな。

私だって師匠から餞別（せんべつ）に貰（もら）った素材がなければ、もっと時間がかかっていた。

でも、その素材も残りは僅か。

これからは自分で稼いで、高級素材を手に入れないといけない。

「ま、四巻に関してはもう問題ないんだけどね。全部、買い集めることができたから」

後は一つずつ作っていくだけ。

「今日は……フローティング・テント、作ってみようかな？」

これはその名の通り、宙に浮かぶ野営用のテント。

それだけ聞くとなんだか凄（すご）そうだけど、実際には地面から一〇センチほどしか浮かばないので、見た目は案外地味。

だがしかし、侮（あなど）るなかれ。宙に浮かぶことで地面の凹凸（おうとつ）、湿気（しっけ）、寒さ、虫の侵入などを防げ、快適な睡眠（すいみん）が約束されるのだ。

一日、二日ならともかく、長期間の遠征（えんせい）を行うこともある採集者にとっては、垂涎（すいぜん）の錬成具（アーティファクト）であることは間違（まちが）いない。

「大きさは……四、五人用にしようかな？」

作るだけなら一人用でも良いんだけど、それだと本当に不良在庫。

せめてアイリスさんたちと採取に行くときに、三人で使える大きさじゃないとね。

その機会があるかは不明だけど、せっかく作るんだから。

「まずは、革を切って……」

最初にするのはテント作り。これ自体は本当に普通のテントで、切り出した革をただひたすらに縫い合わせていくだけ。

だけ、なんだけど、これが結構大変。

だって、革を縫うんだよ？

世の革職人の皆さんに比べれば、魔力による身体強化がある分、まだマシだとは思うけど、それにしたって時間がかかる。

四、五人が泊まれるサイズのテントなんだから、縫うべき範囲も広いわけで。

本当なら革職人に依頼したいところだけど、この村にはいないからねぇ。

「革を簡単に縫える錬成具とか、ないのかな？」

などと愚痴をこぼしつつ、作業を続けること数日ほどで、テントが完成。

これの床部分に回路を描いて、厚手の革をもう一枚重ねれば面倒な作業は終了。

「なんだけど、せっかくなら、もう一工夫したいところだね。どうせ売れないんだから」

自分たちで使うのだから、コストは考えない。

単に浮かぶだけなんて、ちょっと勿体ないよね？

「環境調節布の機能と……虫除けも入れようかな？　他には……」

当然、普通に作るよりも難易度はアップ。

でも、それが良い――ってことはないけど、修業にはなるし、使い勝手もアップするんだから問題なし。

まぁ、使用時の消費魔力、もしくは魔晶石の消費量が増えるので、良いことばかりじゃないんだけど……自分で使うからこその贅沢である。

「これで良し。あとは……」

少し苦労して描き上げた回路を隠すように革を貼り付け、テントを錬金釜へ投入。

各種素材や水などを注ぎ込み、加熱を開始。

「ぐーるぐる。大物を作るときには、やっぱり大きな釜は必須だね」

小鍋でも作れる錬成薬はともかく、テントやシーツなど、大きい錬金釜じゃないと作れない錬成具も多い。

でも、大きい錬金釜はかなり高価。

それでも買わないとレベルアップできないんだから、錬金術師って本当にお金がかかる。なる前に思い描いていた『資格さえ取れば、簡単に稼げる！』なんて甘い幻想は完全に裏切られたよ。

もちろん狭き門なだけあって、普通の平民よりはよっぽど恵まれているんだけど。

「さて。こんなものかな？」

錬金釜を炉から下ろし、取り出したテントをジャブジャブと水洗い。

これを乾かせば……。

「完・成！　したはず。……きちんと動くか、チェックしよう」

折りたたんだテントを担いでお店の方に顔を出してみると、そこではロレアちゃんがカウンターに肘を突き、ちょっと眠そうな目でぼーっとしていた。

以前に比べると村の人も来てくれるようになったけど、お昼過ぎのこの時間帯は皆さん、お仕事中。ほとんどお客さんは来ないんだよねぇ。

「ロレアちゃん、お疲れ」

「あ、サラサさん。今日の錬成作業はもう終わりですか？　お茶淹れますか？」

やることができて嬉しいのか、パッと立ち上がったロレアちゃんに、私は担いでいたテントを示す。

「終わりと言えば終わりかな？　作った物を確認しようと思って」

「確認……私も見に行っても大丈夫ですか？」

「うん、かまわないよ。庭に広げるから、行こうか」

お店の前にあるちょっとした庭。そこにテントを置いて魔力を通すと、テントは自動的にスルスルと展開され、地面からふわりと浮かび上がる。

「わっ！　浮かんだ……。これって、支える棒なんかも必要ないんですか？」

「うん。だから、持ち運びも簡単なんだよ。便利でしょ？」

「便利です！　凄いです！」

とはいえ、かなり大きな革製品。しかも使っているのは厚手で丈夫な革。重量もそれなりにあるため、残念ながら気軽に持ち歩けるほどではない。

「ちなみにこれは、中に入ってみると良さが解るよ。さあさあ」

「はい、お邪魔します。……あ、涼しい！　それに、ふわふわして気持ちいい！」

「ふっふっふ。寝てみても良いよ？」

「うわぁ、これ、ベッドで寝るよりも快適ですよ？　凄いです！　あはは！」

素直に寝転んだロレアちゃんが、ゴロゴロと転がりながら嬉しそうに笑う。

そう、正に宙に浮いたような寝心地なのだ、このテント。

というか、事実浮いてるしね。

空調機能まで追加されているから、快適に眠れることは間違いなし。

ベッド代わりに使っても良いぐらいだよ——値段さえ考えなければ。

「サラサさん、これっていくらぐらいするんですか？　お店で売るんですか？」

「大きさにもよるけど、一〇万レア以上するかな。だから、お店に置いても売れないんじゃないかなぁ、この村だと」

　普通の人には必要ないし、この村の採集者はあまり高い錬成具を買わないから、と言う私に、ロレアちゃんは少し考えて、首を振った。

「いえ、もしかすると売れるかもしれませんよ？　接客していて思ったんですが、採集者の人って、どんな錬成具があるか、それ自体をあまり知らないみたいなんです。ここに展示して便利さを訴求すれば、興味を持つ人もいるんじゃないでしょうか？　今ならお金に余裕がある人も多いですし、狙ってみるのも手かと」

「……なるほど、それは一理あるね」

　少し言葉は悪いけど、採集者には学がない。

　どんな錬成具があるのかもよく知らないし、作業効率を上げるために工夫する、もしくはそのために必要な道具を手に入れようとする人も案外少ない。

ごく稀に『他の採集者が使っていて便利そうだったアレ』という形で注文を受けることはあるけど、『こんな錬成具はないか』という相談など皆無。

なので、せっかく作った『受注生産承ります』の看板も、埃を被っている。

あ、いや、きちんと掃除はしているから、比喩的な意味でね？

「それにテントを縫うだけなら、私もお手伝いできますよね？　店番をしていても暇な時間が多いので、注文が入れば、私、頑張ります！」

両手を握りしめ、やる気に満ちた目を向けるロレアちゃんだけど……。

「それはありがたいけど、大変だよ？　革を縫うのは」

私の場合、身体強化を使って、力任せに縫っている。

でも普通の人にそんなことは不可能で、先に目打ちで革に穴を空けてから、そこに針で糸を通していくという、地道で大変な作業が待っている。

その手間はかなりのもので、ロレアちゃんにやらせるのはちょっと申し訳ない。

「いえ、むしろやらせてください。暇な時間が多すぎて、お給料を貰うのがちょっと心苦しくて……。他にもお手伝いできることがあれば、なんでも言ってくださいね？」

「そう？　私としては、ご飯を作ってくれるだけでもありがたいんだけど……解った。頼めることがあれば、お願いするね」

「はい、是非。テントの方も、盗まれないよう、しっかりと見張っておきますから！」

「うん。でも、防犯装置もあるから、そっちはあまり気にしなくて良いよ」

テントの盗難なんかより、逆上した泥棒にロレアちゃんが襲われる方が怖い。

それにこのテントには、野営では地味に重要な〝夜這い撃退機能〟も追加済み。

その設定をちょっと変えて、庭から持ち出そうとしたら発動するようにしておこう。

下手したら命に関わるけど……泥棒相手なら、別に良いよね？

◇　◇　◇

翌日、フローティング・テントは、説明用の看板と共にお店の前に展示された。

もちろん『勝手に持ち出したら、命の保証はありません』との注意書きもしっかりと。

商品力には自信があるけど、値段が値段。あまり期待はできない。

――と、思ってたんだけど、ロレアちゃんによるとお昼までで、既に数件、お問い合わせがあったらしい。

まだ注文には至っていないとはいえ、これはちょっと期待できるかも？

こんな便利な錬成具があったなんて、という声も大きいようだから、今後も商品展示を増やしていけば、売り上げが増えるかもしれない。

この村にいる採集者の中だと、アンドレさんたちが一番稼いでいると思うんだけど、あんまり散財している様子がないんだよね。

アンドレさんたちが使っていれば、他の採集者も欲しがるかもしれないし、色々な錬成具の売り込みをしてみようかな？

「そういえばアイリスさんたち、今日こそは腐果蜂の蜂蜜を採ってくるって言ってましたけど……」

「うん。昨日、やっと巣を見つけたみたいだからね」

昨晩の夕食時の話では、氷牙コウモリの洞窟を見張ることで、腐果蜂自体はすぐに見つけられたものの、それを追跡して巣を見つけることに手間取っていた模様。

腐果蜂の飛行速度はかなり速いし、それに応じて活動範囲も広く、数キロ以上に及ぶ。

まともな道もない森の中、そんな蜂を追いかけて走り回るのが困難なのは、想像に難くない。

幸い、腐果蜂が氷牙コウモリの洞窟と巣の間を継続的に往復していたので、アンドレさんたちとも協力して、道中に人を配置しつつその経路を割り出していき、数日かけて巣まで到達したらしい。

「頑張った甲斐もあってか、結構大きい巣を見つけたみたいだから、成果は期待できそうだけどね」

「みたいですね。でも、サラサさん。蜂蜜を狙う魔物とか出たりしないんですか？」

「あぁ、それは大丈夫。だって――」

私が理由を説明しようとしたその時、やや慌ただしく店の扉が開かれた。

そこから飛び込んできたのは、今話題にしていたケイトさんとアイリスさん。

「お帰り――」

「店長さん！　おトイレ、借りますね！」

「え、えぇ、それはご自由に――」

私の言葉を聞くか、聞かないか。

言葉を置き去りにお店の奥へ駆け込んだのは、ケイトさん。

我慢、してたのかな？　女性だと、森の中ではあんまりしたくないしね。

私はちょっと首を傾げ、苦笑しているアイリスさんへと向き直った。

「改めて、アイリスさん、お帰りなさい」

「お帰りなさいです。蜂蜜は回収できましたか？」

「あぁ、ただいま。蜂蜜はほら、この通り」

アイリスさんは背負っていた革袋をカウンターに置き、その口を開く。

その中に積み重なる立派な蜂の巣板を見て、ロレアちゃんが目を丸くした。

「わぁ、かなり大きい巣ですね？　これで半分ですか？」

「もちろん。店長殿に注意されたし、採集者としてのマナーでもあるからな」

「全滅したら、来年以降、困りますからね」

全部採取してしまえばたくさんの蜂蜜が得られるけれど、食べ物がなくなった腐果蜂は、大半が死滅することになる。

そうなると来年以降に採取できる蜂蜜が減ることになり、他の採集者の迷惑にもなる。

なので、採取するのは巣の半分。

他の採集物同様、資源の保護は採集者にとっても重要なのだ。

「これは全部買い取りで良いんですよね？　アンドレさんたちはいないようですが」

「あぁ、それで頼む。彼らは――ケイトもなんだが、ちょっと腹の調子が悪くなってな。まっすぐ宿へ帰った。私はなんともないのだが、持って行った食料が悪くなっていたのだろうか……？」

「へぇ、そうなんですか。夏場は傷みやすくなりますから、やっぱり食べ物には気をつけないと……ん？」

お腹の調子が悪い？

「……もしかして、アンドレさんたち、腐果蜂の蜂蜜を舐めたりしてました？」

「あぁ、少しだけな。やはり高級蜂蜜だけあって、凄く美味しかったな！」

その時の味を思い出しているのか、嬉しそうに頬を緩めるアイリスさんだけど――。

「食べたんですか！　アイリスさんも!?」

「あ、あぁ。ダメだったか？　や、やっぱり、借金を抱えたまま高級な物を食べるなんて、烏滸がましかったか？」

きょときょとと視線を彷徨わせるアイリスさんに、私は思わず立ち上がった。

「ばか！　おばか！　そんなことはどうでも良いの！　そうじゃなくて！　腐果蜂の蜂蜜は食べたらダメなの！　毒だから！」

これが、腐果蜂の蜂蜜を狙う他の動物や魔物が存在しない理由。

他の動物が食べない、毒のある植物だけを餌とする動物がいるように、腐果蜂もまたそれと同種の虫なんだろう。

「は……？　え？　店長殿、高級蜂蜜だって……」

「高級蜂蜜の原料！　あぁ、もう！　誰がどれぐらいの量、食べたの!?」

「み、みんな、スプーン一杯ぐらい……だと思う。いや、アンドレたちはもう少し食べていたか？」

これぐらいの、とアイリスさんが指で示した大きさに、私はホッと息を吐く。

「……それぐらいなら、死ぬことはない、ですね。当分、おトイレとパートナー契約を結ぶことになりますが。アイリスさんは大丈夫なんですか？　食べたんですよね？」

「あ、あぁ、幸いなことに私は――むっ！」

問題ない、と言いかけたアイリスさんが真剣な表情になり、眉間に皺を寄せる。

と、同時に聞こえる『ゴロロロ……』という重低音。

どこから、とは言うまい。彼女の名誉のために。

「……店長殿、少々中座させてもらっても良いだろうか？」

「それは構いませんが……ケイトさん、入ってますよね？」

明確に言わないのは、育ちの良さなのか。

だがしかし、そんな余裕も長くは続かない。

足早に居住スペースに移動したアイリスさんを見送って、すぐに聞こえてきたのは『ドンドンドンッ』と扉を叩く音と、切羽詰まったアイリスさんの声。

「ケイト！　早く出てくれ！」

「無理。しばらくは空かないわ」

「そう言わず！　頼む、ちょっと、ちょっとで良いんだ！」

コッソリと様子を窺いに行くと、片手でお腹を押さえたアイリスさんが激しくトイレの扉をノックするという、想像通りの光景が繰り広げられていた。

「ごめんなさい。もう少し待って」

「待てない！　ギリギリなんだ！」

「私も余裕がないの。今動くと……うっ！」

「ケイト！　私がこんなに頼んでもか！」

「アイリス、家を出る時、これからは対等な仲間と言ったじゃない。対等なら、自分の尊厳を優先させて頂きます！　うくっ」

「うぐぐ……っ。そこをなんとか！」

「な、なんともならないわ！」

「解った、譲歩する！　半分、半分だけで良いんだ!!　分け合おう、親友じゃないか！」

「これぱっかりは、親友でも共有できないわ！」

アイリスさん、かなりピンチなご様子で、最初に比べると扉をノックする手にも力がなく、足は内股になり、半分くらい座り込んでしまっている。

「……サラサさん、どうにかならないんですか？　アイリスさん、可哀想です」

私の隣で同じように覗き込んでいるロレアちゃんに、私はゆっくりと首を振る。

「ロレアちゃん……。そうは言っても、いきなりトイレを増設することなんてできないし、ケイトさんだって、余裕はなさそうだよ？」

苦しんでいるケイトさんに『すぐにトイレから出ろ』なんてこと、私には言えない。

かといって、アイリスさんにあそこでやらかされちゃうのは困るし……。

「私に今できるのは、これぐらいかな？」

私は倉庫からある物を取ってくると、扉をノックすることすらできなくなっていたアイリスさんの手に、それをそっと握らせる。

「て、店長殿……」

泣きそうな目で私を見上げるアイリスさんに微笑むと、私は裏庭へと続く扉を開ける。

「庭の隅でお願いします」

「くぅうっ！　ケイト！　この屈辱、忘れんぞ！」

アイリスさんは捨て台詞を残し、私が手渡した鍬を杖代わりに裏庭へと向かう。

ヨロヨロとしたその足取りは、今にも崩れ落ちそうで……。

私はせめてもの情けと、そんな彼女の姿を見ないよう、目を伏せて静かに扉を閉めたのだった。

──でも、ケイトさん、別に悪くないよね？

◇　◇　◇

「さて、ロレアちゃん。ちょっとした惨事があったわけですが」

「はい、悲しい出来事でした」

沈痛な表情を浮かべるロレアちゃん。

だけど、その〝悲しい出来事〟、今も裏庭で継続中なんだよね。

フローティング・テントの前に、簡易トイレでも作っておけば防げた悲劇だけど、まさかこんなことが起きるとは思ってもいなかったし、仕方ないよね？

「たぶん、アンドレさんたちも苦しんでると思うから、お薬を届けた方が良いかな？　放置してたら、死ぬこともあるし」

さらりと言った私の言葉を聞き、ロレアちゃんがぎょっとしたように目を剝く。

「え!?　そうなんですか？　サラサさん、さっきは死ぬことはないって……」

「毒では死なないけど、放置してたら二週間ぐらいはあの状態が続くから。頑張って水分と栄養を摂り続ければ大丈夫だけど、かなり辛いし、運が悪ければ……ね」

「た、大変じゃないですか！　えっと、錬成薬で良いんですか？」

「一度で治せる錬成薬もあるけど、それを使うべきかどうかは、悩むところだね」

慌てて立ち上がり、倉庫に向かおうとするロレアちゃんを宥め、私は少し考え込む。

「ぇぇ！　なんでですか⁉」

「高いから」

「……あぁ、そうですよね。大事ですよね、お金」

「うん。せっかく蜂蜜を採ってきたのに、下手したら赤字になっちゃうからね」

蜂蜜の品質はまだきちんとチェックしていないけど、アンドレさんたちも含めて五人分の錬成薬ともなれば、その利益があっても、かなり厳しいところ。

使わなければ死ぬ状況なら躊躇してられないけど、そこまでしなくてもなんとかなるレベルだからね、腐果蜂の蜂蜜の毒は。

「なので今回は、専用の解毒薬を作ります。その方が安いので。まずは……原料を採りに行こうか。ロレアちゃんも手伝ってくれる？」

「はい！　私にできることなら！」

二つ返事で頷いたロレアちゃんを連れ、私は採取道具を手に裏口から森へ――向かいかけた足をくるりと返し、店舗側の扉から外に出る。

そして、アイリスさんの〝苦悶〟に耳を塞ぎ、家の横を通って裏手の森へ。

「この薬の素材自体は、結構簡単に手に入るんだよ。森の腐葉土を掘り返すと……あ、いたね。ちょっと小さいけど、この虫。これを探してくれる？」

私が地面の中から掘り出して箱の中に放り込んだのは、一センチほどの黄緑の芋虫。珍しい虫じゃないけど、五人分用意しないといけないので、探すのは少し大変。

「解りました。どのぐらい必要なんですか？」

「このサイズだと、一人分で一〇匹は欲しいから……少し余裕を見て六〇匹ぐらいは集めたいところだね」

「……これ、薬になるんですよね？」

早速見つけた虫を箱に入れながら、なんとも言えない表情で尋ねるロレアちゃんに、私は『もちろん』と頷く。

「この薬、材料費は安いんだけど、手間は掛かるんだよね。……手抜き、しようかな？」

「手抜き、ですか？　それって、大丈夫なんですか？　効果が落ちる……とか」

「いやいや、錬金術師として、そんな手抜きはしないよ。単に不味くなるだけ。有効期間も短くなるけど、すぐに飲むなら関係ないしね」

作って一日以内に飲むのであれば、なんの問題もない。

味の方は、酷いものになると思うけど——たぶん。

飲んだことないから、知らないけどね。

「でしたら、構わないんじゃないですか。サラサさんの忠告を聞かなかったんですよね？　皆さん」

「ん～、明確に『食べちゃダメ！』とは言ってないから、少し違うけど……簡単に言うなら、知識不足かな？　それも含めて採集者の自己責任だけど、可哀想だしね？」

チラリと家の方を振り返って言った私に、ロレアちゃんも『ですね』と頷く。

それに今回の場合、私が奨めたものだけに、少し責任も感じるところ。

自主的にお薬作りに取り掛かったのは、それもあってなんだよね。

そんなことをロレアちゃんとお話ししつつ三〇分ほど。

必要数の幼虫を集め終わった私たちはすぐに家に戻り、薬作りに取り掛かる。

篩状の箱に幼虫をコロコロと移し、糞を出すまでしばらく放置。

その間に他の素材を準備して、薬研で磨り潰す。

「こうやってゴリゴリと……。ロレアちゃん、ちょっとお願いできる？　アイリスさんたちの様子を見てくるから」

「はい。任せてください！」

このへんは、錬金術師よりも薬師の領分で、単純作業。

やる気を見せるロレアちゃんに作業を託し、私はアイリスさんたちの方へ。

まずは未だトイレに籠もったままのケイトさん。

「ケイトさん、お加減はいかがですか？」

「しょ、正直、かなりキツいわ。身体の中身が全部流れ出てしまいそう……。店長さん、これって、どのくらい続くの？」

「そうですねー、胃腸の丈夫さや食べた量にもよりますけど、二週間ぐらいでしょうか」

「にっ――!! 無理。死んじゃうわ……」

「今、お薬を作っていますから、頑張ってください。取りあえず、水分の補給はしておいてください」

本気で死にそうな声を漏らすケイトさんに、私が水の入ったコップを差し入れると、おトイレの中から伸びてきた手が、震えながらそれを受け取った。

「ありがとう、店長さん。とても申し訳ないんだけど、アイリスの方も見てきてもらえるかしら？」

「ええ、今から行くつもりです。アイリスさんは見られたくないかもしれませんが」

「そのときには、『既にお腹の中まで見られているあなたが、今更なに言っているの』と言ってあげて」

「……あぁ、確かに最初に担ぎ込まれた時には、そんな状態でしたね」

それで恥ずかしさが解消されるかどうかは知らないけど、もっと酷い状態を目撃しているのは間違いない。

そもそも医療従事者相手に、恥ずかしいとか言っても仕方ないしね。

「お水を飲むとまた出るとは思いますが、少しずつでも良いので、ケイトさんもきちんと飲んでくださいね？」

「えぇ、ありがとぅ……うっ」

か細いケイトさんの声に別れを告げ、次に向かったのは裏庭。

扉から顔を出して見回すと……あ、庭の隅にいるね。

その格好を描写するのは止めておこう。アイリスさんの名誉のためにも。

「アイリスさん、調子はいかがですか？」

「て、店長殿!?　後生だ、見ないでくれ……」

そう言われても、放置はできない。

水分が足りなくなったら、本当に危ないから。

「今更ですよ。お水、持ってきましたから、ちょっとずつでも飲んでください」

「かたじけない。ははっ……店長殿には、情けないところを見られてばかりだな」

「いえ、そんなことは……」

ない、とは言い切れないのが、ちょっと悲しいところ。

それでもアイリスさんのことは結構好きなのだ、私。

とても単純に、良い人だからね。

それに、凛々しさの中にも時折垣間見える、惚けたところ。

ん？　逆かも？

――まぁ、そんなギャップが可愛い人。できるだけ手助けしてあげたくなる。

「今、お薬を作っているので、もう少し我慢してくださいｌ」

「ありがとう。この恩は必ず――うぐっ！　て、店長殿！　済まないが――」

「あー、はいはい。私は戻りますね。少し落ち着いたら、入ってきてくださいね」

「わかっ――ぐぐっ！　は、早く離れて――」

必死で我慢しているアイリスさんの尊厳を守るため、私は慌てて裏口へと走った。

「あ、サラサさん、お帰りなさい。お二人は？」

「うん。元気はないけど、無事だよ。幼虫の方は……、もう良いかな」

幼虫を水洗いし、それを纏めて薬研に放り込んで、ぶちゅぶちゅと潰していく。

なかなかに生々しい音に、ロレアちゃんが顔を顰めて目を逸らす。

「ううっ。えっと、これって薬ですよね？」

「もちろんだよ？」

「そして、飲み薬、ですよね？」

「うん。内服薬だね。調子が悪いのが胃腸だからね」

「飲むんですか？　これを？」

目を逸らしたままロレアちゃんが指さす薬研に入っているのは、深緑……いや、むしろ焦げ茶に近いような色合いの液体。

ドロリとしていて……ここに少し水を加えるから、多少はマシになるけど……。

「私は飲みたくないお薬だよね。ロレアちゃん、味見してみる？」

「しません！　これって手抜きをしなかったら、もう少しマシなんですよね？」

「そうだね、幼虫をまるごと入れたりはしないから。でも、一センチに満たない幼虫を解体して、必要な部位を取り出すとか……大変そうでしょ？」

「ええ、かなりうんざりする作業ですよね、それ」

しかも六〇匹。ちょっとやってられない。

「全部入れても効果は変わらないからね〜。後は水を入れて、錬金釜に……」

水を加えて少し緩くなった薬を、薬研から小鍋サイズの錬金釜に移し、魔力を注ぎながら軽くかき混ぜれば……。

「お薬、完・成！　効果と不味さは保証付きだよ‼」

「うん、いらないですね、後者の保証は」

にっこりと小鍋を掲げる私に、ロレアちゃんはちょっと呆れたようにそう応えた。

「お待ちかねの、お薬ですよ〜、って……」

完成したお薬を手にアイリスさんたちの元に向かってみれば、二人はテーブルの上に身体を預け、死んだような瞳でぐったりとしていた。

いや、アイリスさんの方はちょっと瞳に力があるかな？

ケイトさんに向ける、恨みの籠もった視線ではあるけれど。

「……お二人とも、僅かな時間で少し痩せましたね？」

「痩せたと言うよりも、窶れただよね、これは」

かなりの水分が身体から抜けてしまったからか、明らかに体調不良。

普段の凜々しさが、欠片もない。

「一応、お薬が完成しましたが……」

「か、かたじけない、店長殿」

薬瓶に手を伸ばすアイリスさんから、私はスッと錬成薬を遠ざける。

「店長殿……？」

不思議そうにこちらを見るアイリスさんに、私は右手の薬瓶を持ち上げて言う。

「まず、こちら。この錬成薬なら今の症状が一日で治りますが、アイリスさんの借金が増えます。ガッツリと」

「な、なるほど」

うむ、と頷くアイリスさんに私は、今度は左手の薬瓶を持ち上げる。

「対してこちら。効果は劣りますが、借金が増えることはありません。さぁ、どちらを選びますか？」

「ぐぬぬぬ……」

私としてはどちらでも良いんだけど……いや、せっかく作ったんだから、保存の利かない薬を使ってくれる方が嬉しいかな？　お店の利益を考えるなら、断然、前者の方だけど、アイリスさんたちのお財布に優しいのは、後者だし。

「むむむ……や、安い方で！」

「はい。ではどうぞ」

現在の経済状況とお腹の調子などを鑑みてなのか、しばらく悩んだ末にアイリスさんが手を伸ばしたのは、私の左手。

「ケイトさんはどうします？」

「……アイリスがそちらを選んだのに、私が高い錬成薬は選べないでしょ」

ケイトさんはやや渋々と、アイリスさんと同じ薬瓶を手に取る。

そんな二人を、冷や汗を垂らしながら見ているロレアちゃんに、私は声を掛けた。

「ロレアちゃん、水を二つ、準備してくれる？」

「は、はい！」

製造工程を見ているロレアちゃんには、その重要性がすぐに解ったのだろう。

素早く立ち上がると、コップに水を汲んできてアイリスさんたちの前に。

「ささっ、グイッと。何も考えず、何も見ず、一気にいっちゃってください」

「あ、あぁ……ぐぁ！　なんだこれは！　本当に薬なのか、店長殿!?」

せっかく『何も考えず』と忠告してあげたのに、瓶の蓋をおそるおそる開けてしまったアイリスさんは、そこから漂ってくる臭いに鼻を押さえて仰け反った。

「アイリスさん、お薬なんて、基本的に不味い物なのです。躊躇ってはいけません」

躊躇し始めたら、ますます飲みにくくなるんだから。

「いや、しかし、普段買う錬成薬はもう少しまともな……」

「そのへんはお値段の違いです。ケイトさんも、早く飲んでください」

「え、えぇ……お薬なのよね？　効くのよね、これを飲めば？」

「もちろんです。効かない物は渡しません。ぐずぐずしていると、また次の波が来ますよ？

お二人、同時に波が来たら、今度裏庭に行くのはどちらなのでしょうか？」

「それはもちろんケイトだ！　ええい、飲むぞ!!　私は店長殿を信じる！」

アイリスさんは決意を込めた表情で立ち上がると、鼻をつまんで上を向き、瓶の中身を一気に喉の奥へと流し込んだ。

「の、飲んじゃった……」

いや、ロレアちゃん、『信じられない！』みたいな表情を浮かべてるけどさ、あれってちゃんとした薬だからね？　原料がちょっぴりエグいだけで。

「――うぷっ。うぐっ。お、おぇ」

嘔吐きそうになりながらも、瓶の中身をなんとかすべて飲み込んだアイリスさんは、薬瓶を半ば叩きつけるようにテーブルに置くと、コップを引っ掴み、一気に呷る。

しかし、それだけでは足りなかったのか、ケイトさんの前にあったコップにも手を伸ばし、その水で口の中を濯いだ。

「飲んだ！　飲んだぞ！」

「「おぉ～～」」

やり遂げた表情で、コップを掲げたアイリスさんに、私とロレアちゃんは思わず、揃ってパチパチと拍手してしまう。——お薬を飲んだだけのことなんだけど。

「次は、ケイトさんですね」

「わ、解ってるわ……えっと、ロレアちゃん、お水、お願いできるかしら？　できれば三、四杯分ぐらい」

飲み終えたアイリスさんを見て、覚悟を決めたらしいケイトさんは、やや多めの水をロレアちゃんに注文すると、薬瓶を持ってゴクリと唾を飲む。

「……心配しなくても、死んだりはしませんよ？　アイリスさんを見れば判る通り。不味いことは間違いないですが」

「あぁ、かなり不味いが大丈夫だ。それになんだか、お腹が軽くなった気がするぞ」

うん、さすがにそれは気のせいだね。

もう一つの錬成薬ならともかく、アイリスさんが飲んだ安物では、そんな短時間で効いたりしない。せめて三〇分ぐらいは待たないと。

「さぁ、ケイトも早く飲め」

「そ、そうね。いく……いくわ……いく……」

薬瓶を両手で握りしめ、再びゴクリと唾を飲むケイトさん。

そして、縋るような潤んだ瞳で私を見上げる。

「……ねぇ、店長さん。これを飲んでも、すぐには良くならないのよね？」

「そうですね。一般的な人なら、たぶん、一週間ぐらいでしょうか。アイリスさんたちなら、身体を鍛えていますし、もう少し早いかもしれませんが」

「そう、そうよね。ねぇ、アイリス。やっぱり私かあなたのどちらか、看病する人が必要じゃない？　具体的には、すぐに回復すべきじゃ――」

「あ、ケイトさん。看病ぐらいなら、私がしますよ？」

「ですです。専門的なことは解りませんが、私もお手伝いします」

往生際悪く、そんなことを言うケイトさんの逃げ道を、私とロレアちゃんで塞ぐ。

アイリスさんは頑張ったのに、ケイトさんが逃げるなんて、やっぱ許されないよね？

「うぐっ。で、でも、その、アイリス、やっぱり私が看病する方が気兼ねしなくて良いわよね？　ねっ？」

言葉を重ねて強く同意を求めるケイトさんに、アイリスさんはにっこりと微笑む。

それを見て、ケイトさんがホッと息をついた次の瞬間、アイリスさんは立ち上がると、ケイトさんの手をガシリと摑んだ。

「つべこべ言わず飲め！　店長殿の厚意を無駄にするつもりか！」

アイリスさんはキュポンと薬瓶の蓋を取ると、ケイトさんの顎に手を掛けて無理矢理上を向かせる。

前衛で剣を振っているアイリスさんと、後衛のケイトさん。

単純な力比べであれば、圧倒的に有利なのがどちらかは、言うまでもないだろう。

「ま、待って！　心の準備がっ！」

「時間切れだ！　口を開けろ！」

開けろ、と言いつつ、強引に口を開かせたアイリスさんは、一切の容赦なくそこに薬瓶を突っ込む。

ご丁寧にも鼻をつまんでいるのは、ある意味、慈悲か。

「うごっ、えぐっ、ごぼぼっ！」

ケイトさんが、なんだか危険な感じに喉を鳴らすが、アイリスさんはまったく無視。

薬瓶が空になるのを確認すると、それを口から引き抜き、そのまま口元を手で押さえる。

「むーー！　むぐーー!!」

「お、なんだ？　水か？　水が欲しいのか？　この欲しがりさんめ！」

疲れ、窶れた表情の中に、微妙に嗜虐的な色が混ざった笑みを浮かべつつ、アイリスさんがおもむろに手を離すと、ケイトさんは即座にコップを掴み、二杯、三杯と水を飲み干し、そのまま机に突っ伏した。

「ア、アイリス、あなた、さっきのことを根に持ってるの？」

「さて、なんのことだか。私は子供みたいに駄々を捏ねるお前に、薬を飲ませてやっただけだぞ？」

「くっ……この……」

「はっはっは――むっ！」

口調とは裏腹に、朗らかとは表現しづらい笑い声を上げていたアイリスさんが、急に真剣な表情になったかと思うと、眉を寄せて唸る。

「どうやら便りが来たようだ。ちょっと失礼する」

「便り……？　あっ！　アイリス、ちょっと待――うぐっ！」

アイリスさんを追って立ち上がろうとしたケイトさんだったが、うめき声と共にお腹を押さえて椅子にストンと腰を落とし、動きを止める。

そして聞こえる、扉の閉まる音。

……あぁ、トイレに行ったのか。

ちょっと暴れたから、波が来たのかな？

「ケイトさん、もう少し我慢してください。小一時間もすれば効いてきますから。じゃーじゃー状態は解消されるので、おトイレにも余裕ができると思いますよ？」

「あ、ありがとう、店長さん。でも、このお薬って、なんなの？　すっごく、苦不味エグ生臭いんだけど？」

「あぁ、正にそんな味でしょうね。原料については……ノーコメントで」

言葉を濁す私にケイトさんは不安そうに顔を歪め、ロレアちゃんに視線を向けるが、ロレアちゃんもまたケイトさんから顔を背けつつ、「聞かない方が……」とポツリ。

「……なるほど、聞かない方が良いような原料なのね。じゃあ、聞かない。聞いて吐いちゃったら、なんのために苦しい思いをしたのか判らないし」

「ちゃんとしたお薬ですから、そこは安心してください」

「ええ、信じてるわ。アイリスが今生きているのも、店長さんのおかげだしね」

「アイリスさんの運もあると思いますけどね」

治療が間に合ったことも、たまたま私がお店にいたことも、そして、普通なら置いていないような高価な錬成薬がこのお店にあったことも。

どれか一つでも欠けていれば、アイリスさんはこの場にいなかっただろう。

「さて。私はアンドレさんたちにお薬を届けてくるから、ロレアちゃんは、ケイトさんたちに消化の良い物を作ってあげてくれる？」

「解りました」

「ごめんなさいね、いつも迷惑をかけて」

「いえいえ、困ったときはお互い様、ですよ。私も、ヘル・フレイム・グリズリーの時は寝込んでしまいましたしね」

私は申し訳なさそうなケイトさんに微笑むと、薬瓶を手に立ち上がる。

あとはアンドレさんたちがこのお薬を飲むかどうかだけど……。

一応、高い方の錬成薬も持って行こうかな？

アイリスさんたちの完全復活に要した時間は、四日ほどだった。

食べた量が少なかったのか、それともアイリスさんたちの体力があったのか。

どちらにしても、めでたい。

ということで、今日の夕食は快気祝いのパーティーである。

「うま、うま！　ロレアはさすがだな！」

ここしばらく、まともな食事ができていなかったことへの反動か、テーブルの上に並んだ料理を貪るように食べるアイリスさん。

「アイリス、その前に、店長さんとロレアちゃんにしっかりとお礼を言わないと。本当に助かったわ。ありがとう。もぐもぐもぐ」

などと言いつつ、ケイトさんもしっかりと手と口は動いている。

しかも、かなりの速さで。

「おっと、そうだった」

アイリスさんは食器を置いて姿勢を正し、しっかりと頭を下げた。

「店長殿、今回は助かった。ありがとう。色々情けないところも見せてしまったが……」

「病気のときは仕方ないですよ。ねぇ？」

「はい。私も病気になったときは、お母さんに甘えてしまいますし」

私が同意を求めるように言えば、ロレアちゃんもまた微笑みを浮かべて頷く。

「ロレアはまだ子供だから、それは当然だろう。私たちの場合、自分のミスでやってしまったからな……ははは。もし、宿暮らしだったら、どうなっていたか……」

「そうよね。アンドレさんたちは大丈夫だったのかしら？」

「彼らは、グレイさんだけが高価な錬成薬を飲んで、看病をしたようですよ」

「そうか。なら安心だな」

詳しい描写は避けるけど、私が薬を届けに行った時、アンドレさんたちはなかなかに酷い状況だった。それに加え、彼らには私やロレアちゃんがいないわけで。

壮絶な争奪戦の結果、グレイさんが錬成薬をゲット。

すぐに回復する代わりに、他二人の看病を受け持つことになったのだ。

アンドレさんとギルさんも、不味い方のお薬は飲んでいるので、おそらく二人とも、今日か明日には回復するんじゃないかな？

欲張って、蜂蜜をたくさん舐めたりしていない限り。

「でも、アイリスさん、ケイトさん。錬金術の素材を安易に口に入れてはダメですよ？今回は助かりましたけど、命に関わることもあるんですから！」

私が指をピンと立てて、メッとやると、二人揃って気まずそうに目を伏せる。

「……面目ない。美味しそうだったから、つい」

「蜂蜜だから、普通に食べられると思っちゃったの。ごめんなさい」

「それは解りますよね？　甘い物が目の前にあったら、つい手が出ちゃいますよね？」

「ロレアちゃんまで……。ダメだからね？　どんなに無害に思える物でも、このお店にある物を安易に舐めたりしないこと！　手に付いたら、綺麗に洗ってね？」

私は表情を引き締め、うんうんと深く頷くロレアちゃんも含め、力強く念押しをする。

本当に命に関わる物もあるんだから。

まぁ、美味しそうに見える物はほとんどないから、そこまで心配はないんだけど。

「あぁ、今回のことで懲りた。これからはどんなに美味しそうに見えても、店長殿に訊いてから手を出すことにする」

「そうね。さすがに庭の隅で用を足す経験は、もうしたくないから」

「はは……私としても、それは避けて欲しいですね」

そう。結局ケイトさんも、それを経験することになったんだよね。

決してアイリスさんが意地悪をしたわけじゃないんだけど、二人の波がちょうど重なると、どうしようもないわけで。おトイレ、ウチには一つしかないから。

きちんと後始末をしてくれても、やはり庭でやられるのはちょっと……ね。

「でも、採取や旅の間は、外で用を足すこともあるんじゃないですか？」

「ロレアちゃん、それはどうしようもないことだし、元気な時だから割り切れるの」

「家の庭で、しかも長時間動けなくなるのは勘弁してもらいたかったな。本当に、ここの裏庭が壁に囲まれていて良かったと、熟々思う」

うん、初日のアイリスさんは、かなり可哀想だったよね。

村外れ、裏庭、塀で囲まれていて外から見えないの三条件が揃っていたとはいえ。

もしそれがなく、私がアイリスさんなら、村から出て行くことすら検討しただろう。

「せめて、組み立て式簡易トイレが完成していれば良かったんですけどねぇ」

「なにっ⁉　そんな錬成具があるのか？」

「はい。昨日、作りました」

「くっ！　あの時、それがあればっ！」

「店長さん……なんでもうちょっと早く……」

「いや、だって、必要になるとは思ってませんでしたもん」

錬金術大全の四巻に載っている錬成具のうち、未作製の物は残り少ない。

その多くは大物で、必要な素材や手間などの面から後回しになっていた。

先日作ったフローティング・テントや、今回の簡易トイレもその一つ。

いずれも自分で使う予定がないものだから、作製の優先度は私の興味次第。

家にいる限りまず必要ない簡易トイレは、興味深い技術が使われているわけでもなく、今回のことがなければ、たぶん作るのは最後の頃になっていただろう。

アイリスさんに加え、ケイトさんまで裏庭行きになっちゃったので、慌てて作ったんだけど……まぁ、短時間で作れる物でなし。出来上がる頃には必要なくなってた。

「むむむ……今後のことを考えれば、その簡易トイレ、買っておくべきか？」

「アイリス、その提案、私もちょっと反対しづらいけど、どんな物か見てからでしょ？　店長さん、後で見せてもらえる？」

「ええ、良いですよ。せっかくですから、これもテントのように展示しておきましょうか。テント以上に、私には使い道もないですし」

「おぉ、あのテントも凄く良いな！　ぐっすり眠れること、間違いなしだ」

「ええ、結構、人気なんですよ」

採集者の懐が温かい時に展示したのが奏功したのか、既に二件の注文が入った。

現在はロレアちゃんが、注文された大きさのテントをチクチクと縫っているところ。

「あれなら野営も苦にならないよな！　ケイト、私たち――」

「――には、必要ないわよね。日帰りだから、野営なんてしないもの」

目を輝かせたアイリスさんの言葉を食い気味に、ケイトさんは首を振って否定する。

「ぐっ、そうだった。この村に来て以降、採集で野営したことなどなかったな」

「野営せずに済むなら、その方が良いですよ。なんと言っても、大樹海ですから」

ここ、ゲルバ・ロッハ山麓樹海が〝大樹海〟と呼ばれているのは、伊達でも酔狂でもなく、多少腕が立つ人であっても、日帰りできないような範囲まで踏み込んでしまえば、僅かな油断が命取りになる。

素人なら数時間ほどの距離、森に足を踏み入れるだけで命が危ない。

そして運が悪ければ、外縁部で凶暴な魔物と遭遇してしまうことすらあり得る。

ヘル・フレイム・グリズリーと出会ってしまったアイリスさんたちのように。

それを考えれば、日帰りで活動しているアイリスさんたちは、ある意味、とても堅実で賢い選択。何かあっても、ウチに駆け込めるわけだから。

「お二人は、明日から活動再開ですか？」

ロレアちゃんの問いに、二人は少し困ったように顔を見合わせる。

「そうだな……借金が増えることは回避しても、しばらく休んだせいで稼げてないから、可能ならそうしたいとは思っているんだが……」

「安全マージンを確保するため、数日はリハビリをしようと思っているの。回復したとはいっても、体力は落ちてるから……」

「あぁ……でしょうね。見るからに、痩せてますもん」

数日間、ほとんど食べられず、ひたすら出していたのだ。

図らずも強制ダイエットである。

それを取り戻すかのように、話しながらも、もりもりと食べている二人だけど、たくさん食べて一晩寝れば体力が回復、なんて簡単な話ではない。

「店長殿、時間があれば、私の訓練に付き合ってくれないか？」

「了解です。私もやらないといけないですからね、訓練は。長時間は付き合えませんが」

師匠から頂いた立派な剣。

それを無駄にしないためにも、あれ以降、時間を見つけては訓練を続けている私。

本業は錬金術師なので、そちらに熱中すると数日サボっちゃうこともあるけど、時間が合えば、アイリスさんと一緒に訓練することもあり、数時間程度ならなんら問題ない。

「では、明日の午前中、お願いできるか？」

「はい、解りました。午後からは……フローティング・ボードの続き、かな」

「なんか大きな物を作ってましたけど、それですか？」

「うん。簡単に言うと車輪のない荷車？　仕組みとしてはフローティング・テントの劣化版みたいな物だから、あんまり面白みはないいんだけど」

フローティング・ボードはその名の通り、宙に浮かぶ板。

でこぼこの悪路でも、載せた荷物が重くても、軽い力で動かすことができるので、とっても便利——そうに見えて、実はあんまり便利じゃない錬成具。

何故なら、これってあんまり効率が良くないんだよね。魔力の。

私のように魔力が豊富にあるならまだしも、普通の人が魔晶石で賄おうとするなら、そのお金を使って人足を雇う方が余程安い。

嵩張る物や壊れやすい物を運ぶのには便利でも、使えるシーンが限られる上に、フローティング・ボード自体も決して安い物ではなく。

とてもじゃないけど、荷馬車を置き換え得るような錬成具ではない。

「これも死蔵かな？　ダルナさんに貸し出したとしても、使えないだろうし」

「お父さん、魔力は多くないですから。——あ、そういえば。サラサさん、エリンさんが『落ち着いたら、お話しがしたい』と言っていましたよ」

「エリンさんが？　なんだろう……？」

思い出したように口にしたロレアちゃんの言葉に、私は首を捻る。

ちょっと引きこもり気味な私に比べると、食材の買い出しなどで頻繁に出歩くロレアちゃんはエリンさんと会う機会も多く、その時に伝言を託されたらしい。

でも、村長の娘であるエリンさんの話とか、なんだか厄介事の香りが。

「も、もしかすると、冷却帽子で村が潤っていることへのお礼かもしれませんよ？　いつもお世話になってます、みたいな？」

私の顔が曇ったのを見て取ったのか、ロレアちゃんがそう言ってくれるけど……。

「でも、お礼なら、『落ち着いたら』なんて言わない気がしない？　アイリスさんたちはダウンしてたけど、お店は普通に開けていたんだし」

「……ですよね」

ちょっと苦しかったのはロレアちゃんも解っていたのか、ため息をつきつつ頷く。

「エリンさんは、こんな村では珍しいぐらいのやり手よね」

「うむ。あれは、もっと大きな村、もしくは町の舵取りも任せられる器だな」

「村長は対外的な顔で、実質的にはエリンさんが取り仕切ってますから」

「だよね〜。面倒事じゃないと良いんだけどね」

微妙に期待薄。

「……ま、エリンさんが来てから、また考えよ。棚上げ、棚上げ」

せっかく、ロレアちゃんの作ってくれた美味しい料理が並んでいるのだ。

これを楽しまないと勿体ない。

私は気分を変えるように息を吐くと、今は料理に舌鼓を打つことにしたのだった。

◇　◇　◇

「はっ！　せい！」

「ぬ！　やっ！　くっ！」

翌日の早朝、まだ暑くなる前の時間帯に、私とアイリスさんは剣の訓練を行っていた。

私たちを比較するなら、単純な剣の腕前では私が勝り、素の体力では、体格の違いもあってアイリスさんが勝る。

ただ、実際に戦うとなると、身体強化が可能な私が大幅に有利。

アイリスさん以上の筋力と素早さを手に入れられるのだから、それも必然。

更に実戦ともなれば、私には師匠から貰った高品質な剣と自前の魔法もあるので、比べるべくもない。

「そこ！」

「ぐぬっ!!」

私が切り上げた剣に弾かれ、アイリスさんの手から剣が飛ぶ。

カラン、と地面に転がった剣にアイリスさんの視線が流された瞬間、即座に剣を突きつければ、アイリスさんは一瞬動きを止め、大きくため息をついて力を抜いた。

「はぁ……。やはり、店長殿にはかなわないな」

「少し体力や筋力が低下していますね。動きにキレがありませんし、一週間前なら剣を落とすこともなかったと思いますよ？」

学校での剣術の授業でいうなら、アイリスさんの腕前は、中の上。

決して弱いわけではないけれど、一応でも学年一位だった私には劣る。

そんな私のレベルが一般的にどのくらいかといえば……どのくらいなんだろう？

学校の先生には当然勝てなかったし、師匠には簡単にあしらわれるレベル。

そのへんの盗賊には負けないと思うけど、毎日訓練している兵士より強いってことはない、よね？　たぶん。

こういうのって、数値として測れるものじゃないから。

王都では闘技大会なんてものも開催されていたけど、私には縁がなかったからねぇ。

優勝賞金は魅力的でも、まさか優勝できるとは思えなかったし、怪我をして学校を休むことになったりしたら本末転倒。

錬金術師の資格が取れなければ、お金を貯める意味すらなくなってしまう。

「リハビリ期間を作ったのは正解だったな。数日で戻れば良いんだが……」

「大丈夫でしょう、若いですから。なんだったら、それ用の錬成薬もありますが？」

「いや、申し出はありがたいが、そこにお金を使って期間を短縮しても意味はない。ケイト、お前はどうだ？」

「私の方も、明らかに体力が落ちてるわね。弓を引く力も同様に」

的に向かって弓を引いていた手をぷらぷらと揺らしながら、首を振るケイトさん。

傍から見ればしっかり当てていたけど、自分で判るぐらいには衰えがあった様子。

まぁ、お腹を下して数日間寝込み、まったく衰えないなんてあるはずもない。

むしろ回復した翌日からこれだけ動けているあたり、普段からよく鍛えられていると言うべきじゃないかな？

「では、今日はあまり激しい訓練はせずに、回復に主眼を置いた運動にしましょうか」

「あぁ、そうだな。店長殿には物足りないかもしれないが」

「それは気にしなくて良いですよ。私、錬金術師ですから。——なんで真面目に、剣の訓練なんてしているんでしょうね？」

とっても不思議。

私の剣術なんて、報奨金を得る手段だったのに。

「そこは偉大な師匠を持ったが故の弊害……いや、恩恵というヤツだろう」

「恩恵って……確かに良い剣をくれた上に、稽古もつけてもらいましたけど」

「私たちは助かってるわよ？　それに村の人も。この村が今平穏なのも、店長さんのおかげなんだから」

「それを言われると、真面目に訓練せざるを得ないんですけど……」

この村で生活している以上、この前のような事件がまた起こらないとも限らない。

既に村の人を見捨てるなんて選択肢はなく、否応なく巻き込まれることは確実。

「頼りにしているぞ、店長殿。共に生活する仲間として、そして剣の師としても」

「師と言われるほどの腕じゃないんですけどね」

未熟な私が〝師〟だなんて、烏滸がましい。

そう思いながらも、私は打ちかかってきたアイリスさんを切り払いつつ、昼頃まで訓練に付き合ったのだった。

エリンさんが私を訪ねてやってきたのは、まるで図ったかのように、その日の昼過ぎ、

ちょうど昼食が終わった頃の時間だった。

錬成作業中に来られるより助かるのは間違いないんだけど、アイリスさんたちが回復した翌日に来るとか、狙ってるよね、たぶん。

店頭ですぐに終わる話でもなさそうだったので、食堂にご案内。

お客さんを迎えるのに適した場所とは言えないけど、そこは我慢してもらおう。

ウチに応接間なんて存在しないし？　小さな家だからね。

ロレアちゃんには店番の方をお願いしたので、この場に同席しているのは、私とエリンさんの他に、アイリスさんとケイトさんの四人である。

「サラサさん、本日はお時間を頂きまして、誠にありがとうございます」

「いえ、それは別にかまわないのですが……どのようなご用件ですか？」

「はい。少々言いづらいのですが、皆さんに仕事の依頼をお願いしたいのです」

「仕事？　私だけじゃなく、アイリスさんたちも、というと、錬金術に関することじゃないんですよね？」

「そうです。他にも、アンドレさんたちのパーティーにもお願いしています。あちらからは、皆さんが引き受けるなら引き受ける、との答えを貰っています」

この村の採集者の中で、この二つのパーティーの実力は上位にある。

それに依頼するような仕事って……やっぱり厄介事だよ、これ。

「正直、お断りしたいですね」

「そう仰らず、お話だけでも聞いて頂けませんか？」

話を聞いちゃうと、断りにくくなりそうだから聞きたくないんだけど。

そう思って渋い顔をする私に、ケイトさんが苦笑して、取り成すように口を挟んだ。

「まぁまぁ、店長さん。村長の代理であるエリンさんが持ってきた話、今聞かなかったところで、村に住んでいたら影響を受けるでしょ？　諦めるしかないんじゃない？」

「……そんな感じのお話ですか？」

「そんな感じのお話です」

訊き返せばエリンさんも苦笑を浮かべ、困ったように肯定する。

私は腕を組み、しばし瞑目。

「…………解りました。お聞きします」

自分の中で〝諦め〟という折り合いをつけ、私は頷いた。

しばらく前に起こったヘル・フレイム・グリズリーの狂乱。

村人や採集者の協力によって、大きな被害もなく収束させることに成功したが、それが発生した原因については未だ判っていない。

過去の事例から推測できても、確定ではないのだから、調査が必要となるのは当然。

村長もそれは理解していて、領主に対して状況の報告と調査の依頼を行った。

狂乱の時には援助がなかったが、時間的にも間に合わなかったので、それ自体は仕方のない部分もあった。しかし、事後の調査ぐらいは行ってくれるだろうと期待して。

だが、しばらく待って戻ってきた答えは『被害がなかったのならどうでも良い。税金はいつも通り満額きっちり払え』だった。

見舞金はおろか、兵士の派遣も、調査も一切なし。

むしろ、『ヘル・フレイム・グリズリーの素材で儲かっているんじゃないか？　儲かっているなら、税金は上がるからな』というようなことまで書いてあったらしい。

そんなエリンさんの話を聞いて、激高したのはアイリスさんだった。

強く机を叩き、声を上げる。

「なんだそれは！　店長殿なんて、寝込むほどに頑張ったんだぞ！」

「あ、いや、それは私がミスしただけで……」

ヘル・フレイム・グリズリーが原因ではあったけど、むしろあれは自爆。

そこはあまり取り上げないで欲しい。

恥ずかしいから。

「だとしてもだ！　領民を守ることは領主の責務。それを完全に放棄している!!」

怒りを露わにするアイリスさんに対し、エリンさんは諦め気味にため息をつく。

「そういう領主ならありがたいんですが、ここの領主はそうじゃないですから。税を取ることにだけは熱心なんですけど」

「私、よく知らないんですけど、ここの領主って誰なんですか？」

「この辺り……このヨック村やサウス・ストラグはカーク準男爵領ね。金儲けはそれなりに上手い貴族よ」

「儲けても、領民のためには使わないようだがな！」

「なるほど……」

情報が少ないから領主としての力量は不明な部分が多いけど、サウス・ストラグを押さえているのなら、それだけでもかなりの収入は期待できそう。

そう考えると、ヨック村のような小さな村に兵士を派遣して、手間とコストをかけるより、放置した方が良いという考え方も理解できる。

住んでいる方としては堪らないけど、この村から上がる税収と、何人もの兵士を大樹海の奥に向かわせて調査するコスト、どちらが上かと言えば、たぶん後者の方。

大樹海の奥というのは、それぐらいには危険度が高い場所なのだから。

「まぁ、そのカーク準男爵というのがダメな領主ということは解りました。それで、エリンさんの依頼というのは？　——既に予想はついていますけど」

「ですよね、ここまで話せば。そうです。ヘル・フレイム・グリズリーの狂乱が起こった原因の調査です」

「やっぱりですかー。う～ん……」

お困りのエリンさんは可哀想だと思うけど、これってどう考えても錬金術師の仕事じゃないよね？　少なくとも、学校で習った仕事には含まれていないし。

小さな村の錬金術師なんて、ただでさえ医者の真似事や、ちょっとした知恵袋的な役割まで求められたりするのだ。

これ以上、なんでも屋みたいな状況になるのは避けたいんだけど……。

そんな私の躊躇いを見て、エリンさんはアイリスさんの方へ顔を向ける。

「アイリスさんたちはいかがでしょうか？」

「う～む、個人的には、協力したいという思いはあるのだが……」

アイリスさんも言葉を濁し、ケイトさんに顔を向ける。

その視線を受け、ケイトさんは少し考えてから口を開いた。

「エリンさん、依頼ということは報酬が出るのよね？」

「はい、それはもちろん。依頼の達成にかかる日数次第ではありますが、皆さんが普段一日に稼いでいる額の二倍程度を日数分、頑張って捻出したいと思っています」

確実に泊まり込みになるので、報酬としては妥当。

でも、危険性を考えれば少し安いかも。

ただ、この村の採集者の中でもアイリスさんたちの稼ぎは多い方なので、村の経済状態を考えれば、このあたりがギリギリの線だろう。

「できれば一週間以内に戻ってきて頂けると助かります。ちょっと厳しいので……」

申し訳なさそうにそう付け加えたエリンさんに、アイリスさんは深く頷く。

「ふむ。私は請けても良いと思うが、ケイトはどうだ？」

「私も構わないわ。ただし、店長さんが請けるなら、という前提があるけど。私たちだけじゃ、力不足だもの。ヘル・フレイム・グリズリーが縄張りから追い出されたんでしょ？つまり、同等以上の敵と遭遇する危険性があるってことなんだから」

「だよな。相手が一匹なら、逃げ帰ることもできるかもしれないが……」

正体不明の敵故に、アイリスさんは言葉を濁し、腕組みをして唸る。

「エリンさん、店長さんの報酬はどうするの？　はっきり言って、村が払える額じゃ、店長さんは動かせないと思うけど」

チラリとこちらに視線を向けるケイトさんに、私もつい苦笑を漏らす。

実際、お金はあんまり魅力的じゃない。

村にある現金の多くを供給した私からすれば、村の予算にどのぐらいの余裕があるかもなんとなく解っているわけで、私を動かすのであれば、むしろ下手にお金を積むより、ロレアちゃんを動かして泣き落としでもした方が効果的。

もちろん、そんなことをされたら、エリンさんと私の間には大きなしこりが残ることになるわけだけど。

「はい、もちろんそれも考えてきました。サラサさんには〝薬草畑とその世話をする人〟。これを提供したいと思いますが、いかがでしょうか？」

「薬草畑……？」

影の村長は伊達ではないようで、それは私にも予想外の提案だった。

具体的には、この村の一般的な農家が持っているのと同じぐらいの広さの畑。

それをこの家の隣に作り、私がこの村にいる限り、世話をする人と共にその畑を提供してくれる、ということらしい。

私も色々忙しく、ヘル・フレイム・グリズリーに荒らされてしまった裏庭の薬草畑、その復旧も道半ば。それ故、エリンさんの提案はなかなかに魅力的、と考え込む私に、エリンさんは手応えを感じたのか、笑みを浮かべて指を二本立てた。

「ただ、二点。提供する人材には薬草に関する知識がありませんので、サラサさんには薬草の育て方を教授して頂きたいということと、できた薬草の二割は育てた者の取り分として欲しいのです。いかがでしょうか？」

ほうほう、さすがエリンさん。

私と村、双方にメリットのある報酬を考えてきたわけか。

この村で可能な範囲では、よくできた提案。

ケイトさんも少し驚いたような表情で、感心したように声を上げた。

「……なるほど。考えましたね」

「ん？　どういうことなんだ？」

「つまり、薬草栽培のノウハウが得られるなら、畑と人を提供しても十分に元が取れるということでしょ。自分たちで薬草畑を増やすこともできるようになるんだから」

農家による薬草栽培が一般的でない理由はいくつかあるけれど、環境的な問題に関しては、薬草の自生地に近いこの村であればクリアできる。

もちろん、それだけですんなりと成功するほど薬草栽培は簡単ではないが、その他の問題点に関しては、その大半が魔法を使わずとも、努力で解決可能な範囲。

その上、薬草は重量単価が高いので、消費地から遠い田舎で作り、輸送コストが上乗せされたとしても、産業として成り立つ可能性は高い。

しかし、やはり問題は残る。

「エリンさん、一応言っておきますが、多くの薬草は下処理をしなければ長期保存はできませんよ？　私も薬草の下処理だけにかまけていることはできませんし、この村に錬金術師がいなくなった場合、産業としては成り立たなくなりますからね？」

「はい、それはもちろん考えています。メインの産業にするつもりはありませんし、その場合は日持ちがする薬草だけを栽培するようにします」

う～ん、それなら良いのかな？

畑一つから始めるなら、状況次第で方針転換も容易だし、仮に栽培が上手くいかなくても、世話をしてくれる人の給料ぐらいなら、私が負担できる。

一気に投資して、村の産業が壊滅した、とかなったら寝覚めが悪いしね。

私としては、農家の畑の一角に薬草コーナーを作るぐらいがちょうど良いと思うけど。

少し悩む私に、エリンさんはこちらの顔色を窺うように、もう一つ希望を口にする。

「――厚かましいお願いをするなら、素人でも可能な下処理を教えて頂ければ、とてもありがたいですが」

「そう……、ですね。〝素人でも可能〟というのは無理ですが、〝錬金術師じゃなくても可能〟というものなら、構いませんよ。真面目に学ぶことが前提ですが」

「ありがとうございます！　それでは、お仕事を請けて頂けるのですね！」

「む……そういうことに、なるでしょうか」

笑顔で私の手を握ってくるエリンさんに、私はちょっと唸って、頷く。

少し乗せられた感じがしないでもないけど、ご近所への協力の範疇かな、このぐらいなら。都会とは違うわけだし、お付き合いは大事。

「ただし、出発に関しては、少し先になると思いますよ？　アイリスさんたちも、そしてアンドレさんたちも、完全回復はしてないでしょうから」

「はい、それはもちろん構いません。よろしくお願い致します」

エリンさんはにっこりと微笑み、深々と頭を下げた。

Episode2

調査

アイリスさんたちの回復を待つこと五日。

私たち〝にわか調査隊〟六人は、大樹海の中を進んでいた。

「サラサちゃん、方向はこっちで良いのか？」

「はい、問題ありません。おそらく」

所詮はにわか、ヘル・フレイム・グリズリーの痕跡を辿るような技術は誰も持っていないし、そもそも今更探したところで、残っているはずもない。

そこで私たちが選択したのは、ヘル・フレイム・グリズリーの生息地を調査すること。

アイリスさんたちのリハビリと並行して、私が師匠の伝を使って大樹海に関する書籍を取り寄せ、その場所を特定したのだ。

元々、大まかな場所は判っていたが、そんな曖昧な情報で足を踏み入れられるほど、大樹海の奥は甘い場所ではない。

ベテランの採集者でも、油断すれば命を失う。そんな場所。

故に、事前の情報収集と準備は重要なのだ。

「皆さんは、どの辺りまで入ったことがありますか？」

「私たちはごく浅い場所――毎日、店長殿の所に戻っていることから判ると思うが、その程度の時間でいける範囲だな」

「そうね。採取作業をする時間を考えれば、かなり浅いわね」

だよね。少なくとも、私の家に住むようになってから帰ってこなかった日はないし、ウチから数時間までの範囲、って感じかな？

「俺たちは、もう少し深い場所だな。たまには一泊することもあるし。なぁ？」

そう同意を求めたアンドレさんだったが、ギルさんとグレイさんはあっさり首を振る。

「ごくたまにじゃん。俺たちも、アイリスちゃんたちと、大して変わらねーよ」

「アンドレ、見栄を張るな」

二人にポンポンと肩を叩かれ、アンドレさんが顔を赤くして叫ぶ。

「ぐ……良いじゃねぇか、ちょっとぐらい格好つけてもよ！」

「まぁまぁ。それでも多少経験があるだけで違いますから。やはり、ベテランの経験は頼りになります」

特に森の中での野営とか、私も学校の実習でやったぐらいで、あんまり経験がない。

そんなことを言った私に対し、アンドレさんは少し気まずげに、頭を掻く。

「お、おう。けど、ベテランっても、低いレベルの中でのベテランだからなぁ……」

村の中では上位に位置するアンドレさんたちだが、回収してくる素材はワンパターンと言えば、ワンパターン。氷牙コウモリの牙に手を出していなかったことからも判るように、絶対的な知識は足りていない。

とはいえ、それは仕方がない部分もある。

アンドレさんたちの一つ上の世代、村に錬金術師がいた頃の採集者であれば、森の奥に入って高価な素材を採集していたようだけど、錬金術師がいなければ売れる素材にも制限が掛かるわけで。

必然的に森の奥に入るようなリスクを冒す採集者は減り、ベテランからアンドレさんたちに、知識の継承がされることもなかったのだ。

「素材の知識に関しては……そうですね、良い機会なので、売れる素材をお教えします。上手くすれば、収入二倍ぐらいは堅いですよ？」

「おう、それはありがたい。よろしく頼む！」

「任せてください」

嬉しそうに笑うアンドレさんたちに私は頷き、ぐっと親指を立てた。

そんなわけで、色々と解説しながら歩みを進める私たちだったが——目的地への行程は、遅々として進んでいなかった。その原因は——。

「こ、これはナルスナッチ！　滅多に見つからないのに、ついていますね！」

石の上にいた鮮やかな黄緑色の粘菌を丁寧に取り、瓶の中へ。

これを見逃すなんてあり得ない。

「タイニールタックが生えています！　これはよく注意していないと見落としちゃうので、気をつけてくださいね」

倒木の裂け目、その中に生えていた薄黄色の小さなキノコを、ピンセットで半分ほど回収。一株が一センチほどしかない上に、潰れちゃったら価値がなくなるので、一本ずつ慎重に箱の中へ。

「この苔はブルーパウダーですね。普段は緑の苔なんですが、この時季だけ青い粉をふいて、価値が出るんです」

粉が重要なので、息を止めて丁寧にナイフで剝ぎ取り、革袋の中へ。

「いやー、さすがは大樹海！　素材の宝庫ですね！　これなら収入三倍も夢じゃないですよ、アンドレさん」

「それは嬉しい情報だが……ヘル・フレイム・グリズリーの調査の方は良いのか？」

「……おっと。そっちがメインのお仕事でした。良い素材が多いので、つい。えへへ」

やや呆れたように肩をすくめたアンドレさんに指摘され、本題を思いだした私は、笑って誤魔化す。

でも実際、これだけいろんな素材があったら、多種多様な錬成薬、錬成具が作れるわけで。師匠がここを薦めたのも、ちょっと理解できる。

採集者からの持ち込みが少なければ、また自分で採りに来ようかな？

「けど、サラサちゃんが集めた素材、全部俺たちの知らない物ばかりだよなぁ。実はかなり勿体ないことしてたんじゃねぇの？　俺たちって」

「知らない以上はどうしようもない。俺たちの勉強不足だ」

「それは私たちも同じだな。店長殿、それら素材の情報は、先日来、店長殿が読んでいた大樹海の本に載っているのか？」

「そうですね、ある程度は載ってますね。私もあれを読んで、当たりを付けて探しているところもありますから」

簡単に目に飛び込んでくるブルーパウダーやナルスナッチなどはともかく、タイニールタックなどは、『この辺りに生えているかも』と思って目をこらさなければ、移動しながら見つかるような素材ではない。

半ば忘れていたけど、今の私たちの目的は、ヘル・フレイム・グリズリーの生息地に行くこと。周囲の探索をしながらゆっくりと移動してるわけじゃないからね。

「そうなのね。店長さん、今度読ませてもらっても良い？」

「ケイトさんたちなら、もちろん構いませんよ。買い取りが専門の私としては、持ち込まれる素材の種類が増えるのは嬉しいことですし、できれば他の採集者にも情報を広めたいところですが……難しいんですよね」

「まぁ、本は高いからなぁ。安易に貸すわけにもいかねぇよな」

「それもありますが、あの本、名前は載っていても、特徴や注意点などは書いていないので、対象物に対する知識がないと、無意味なんですよね」

本に『この辺りではタイニールタックが採れる』と書いてあっても、タイニールタック自体を知らなければ見つけることができないし、見つけたとしても採取における注意点を知らなければ、下手をすれば採ってきた素材が無価値となる。

アイリスさんたちなら、私に訊くという手段が取れるけど、他の採集者では難しい。

つまり彼らに本の内容を教えるなら、採集物に関する多くの情報も一緒に教える必要があるわけで、それはなかなかに大変。

私が錬金術の学校で受けた授業を、採集者相手にやるようなものなのだから。

少なくとも、お店をやりながら片手間に行えるようなことではない。

「あとは、お金に目がくらんで中途半端な知識で森の奥に入ると犠牲が出るので、下手なことはできない、というのもありますね」

「やっぱり、森の奥は危険なのよね？」

「ええ、当然。例えば、こんな感じに――」

私は素早く剣を抜くと、ケイトさんのすぐ顔の横を振り抜く。

シュッ。ザク。ドサッ。

私の腕より一回りほど細い蛇が、頭と胴体に分離され地面に転がった。

血を噴き出しつつ、のたうつ蛇にケイトさんが目を丸くして唇を震わせる。

「い、いつの間に……」

「蛇は結構いますよ？　近寄って来ないので無視してましたが、これはケイトさんの傍にいたので。これも素材になるので回収です。ちなみに、咬まれると死ぬので注意です」

血が出なくなった蛇の死体を革袋に放り込めば、それを見ていたアンドレさんが、戸惑ったように声を掛けてきた。

「え、いや、あっさり言うけど、そんなのが普通にいるのか？　この周辺」

「それなりに？　大丈夫ですよ、魔物じゃなくて動物ですから、こちらから手を出さなければ、滅多に襲ってくることはありません」

それ故、私も魔法を使わなければ、簡単には見つけられない。

使い道はあまりないので、あえて探して狩るほどのものではないんだけど。

「……万が一、咬まれたら？」

「運がなかったと思って、諦めましょう」

ゴクリと喉を鳴らしたアイリスさんに、私があっさりと答えると、ギルさんたちも怯んだように顔を歪める。

「マジで？　大樹海、侮れねぇな」

「ウチで専用の解毒薬を買っておけば大丈夫ですよ。数分程度は猶予があります」

「それって、使えば数分程度の猶予ができるって話じゃないよな？　助かるんだよな？」

「………（にっこり）」

「お、おい!?」

「冗談です。専用の解毒薬なら助かります。別の解毒薬だと無意味ですから、なんの蛇に咬まれたのかは、きちんと認識する必要がありますけど」

これまた大半の物に効く錬成薬はあるけれど、当然ながら高い。

取りあえず使っておく、なんてことができないほどには。

「厳しいな。それを含めて、知識不足は危ないってことか」

「そういうことです。ちなみに、柔軟グローブは貫けませんから、もしものときには手を挟むのがお奨めです」

「おい、アンドレ！　柔軟グローブを出せ！」

「おう！」

私の言葉を聞いたアンドレさんは、すぐに荷物を下ろし、中から取り出した柔軟グローブをグレイさんたちに配る。

なおアイリスさんたちは普段から着用しているので、その点は問題ない。

「あ、毒が出るのは上顎の牙ですから、手を入れるときはそちら側に。咬まれる前に頭を摑むのが一番良いですけどね」

「それは、なかなか難しそうね……。他に対処法はないの？　蛇を避ける錬成具とか」

「ないとは言いませんが、普通は柔軟グローブのように、蛇の牙が通らない防具を身につけるのが妥当でしょうね。コスト面でも、他の安全面でも」

——などと、素材のレクチャーや危険に対する対処方法を話している間にも太陽は傾き、その日は少し拓けた場所を見つけて、野営をすることになった。

私が今回、野営のために準備した錬成具は主に二つ。

先日作ったばかりのフローティング・テントと小型の魔導コンロ。

虫除けの錬成具はアンドレさんたちが持っているし、テントにもその機能が付いているので、不要。危険生物の感知や明かりなど、魔法で対処できる物は用意していない。

まずは寝床の準備と、フローティング・テントを広げてみれば、アンドレさんたちが興味深そうに近寄ってきた。

「ほぉ～、これが例のテントか。採集者たちの間で話題になっていた」

「アンドレさんたちは初めてですか？　現在、ウチのお店で販売していますから、よろしければ、是非」

「これ、一度使うと欲しくなるんだよなぁ」

「そうね。快適だもの」

「そんなにか？　……ちょっと入ってみても良いか？」

「ええ、どうぞ」

私がテントの入口を開けて誘うと、アンドレさんたちは浮かんでいる床面にややおっかなびっくり中に入る。そして、ゆっくり横になると揃って声を上げた。

「こ、これは、なんと適度な柔らかさ」

「すげぇ！　滅茶苦茶寝心地が良いじゃねぇか」

「宿のベッドよりも楽だな、これは。しかも涼しい……」

「でしょう？　いかがですか？」

寝心地には自信があります――ってわけじゃないけど、程良く沈み込む感じが結果的に寝心地の良さにも繋がっている。冬場なら毛布を、夏場ならゴザのような物でも敷いておけば、快適に寝られることは間違いない。

「でも、高いんだろ？　これだけのテント」

「えぇ、それなりに。追加機能によって、値段も上がりますし」

このテントは虫除けと空調の機能が付いているけど、魔法が使えない人なら、危険生物が近付いたときに警告を出す機能や、明かりを灯せる機能などもあると便利だろう。

テントから出てきたアンドレさんたちに、大きさ毎、そして機能毎に大まかなお値段を伝えると、彼らは腕を組んで悩み始めた。

「むむ……。今の蓄えで買えないことはないが……」

「これだけの錬成具、高ぇとは言えねぇが」

「うむ。これがあれば採集は捗る――ん？　いや、ちょっと待て。そもそも俺たち、泊まり掛けで採集、してなくないか？」

グレイさんの言葉に、他二人もハッとしたように息を呑み、私に顔を向ける。

「そこに気付いてしまいましたか」

うん、実際のところ、村に在住している大半の採集者には必要ない錬成具なんだよね。

むしろ、行商人のグレッツさんやダルナさんたちの方に需要があるだろう。

でも、たまにサウス・ストラグへ仕入れに行くだけのダルナさんは使用頻度が低いし、頻繁に使いそうなグレッツさんも、先日、両親に錬成具のハーベスタを贈ったところなので、フローティング・テントを買う余裕はないだろう。

「サラサちゃん、大丈夫なのか？　サラサちゃんのことだから、無理に薦めたりはしてないと思うが……」

フローティング・テントを買った採集者から不満が出ないかと訊くアンドレさんに、私は当然と頷く。

「ええ、それはもちろん。ただ、あんまり使用頻度が低いと勿体ないですし、不満も出るかもしれませんから……それもあって、森の奥の情報を広めたいとは思っているんですよね」

森の奥に入れば採集者の利益は増えるし、私も買い取れる素材が増える。

泊まり掛けになることもあるだろうから、フローティング・テントだけではなく、野営をサポートするような各種錬成具も売れる。

本来は、双方に利があることなんだけど……。

「問題は、広める情報と採集者の技量、知識などのバランスか」

「そうなんですよ」

「私やアイリスは、店長さんに色々訊けるけど、他の採集者はそうじゃないものね」

ちなみに、そのあたりの経験や知識は、先輩の採集者から教えてもらうのが定石。

ただ、この村の場合、先に述べた通り継承の空白ができているわけで。

「そのあたりも含め、ベテランのアンドレさんたちには期待しているんですよ？」

そう言う私に、アンドレさんたちは困ったように眉間に皺を寄せる。

「俺たちかぁ……。俺たちも、先輩たちから多少は手ほどきを受けたが、あの頃は、奥に入れるほどの腕はなかったからなぁ」

「だよな。少し話を聞くぐらいで」

つまり、アンドレさんたちも実地訓練は積んでいないってことになるわけで。

「まぁ、頑張るしかないだろう。俺たちも先輩から恩を受けているんだから」

「はい、よろしくお願いします。私も知識面でサポートしますから」

今回の依頼で少しでも経験を積んでくれれば、ありがたいんだけどね。

その日の夕食は乾燥野菜と干し肉を一緒に煮込んだスープと、堅焼きパンだった。

水は魔法で出せるので荷物も少なくて済むし、こういうときにはとても助かる。

難点はそこまで美味しくないことだけど、十分に食べられるので問題はなし。

「久しぶりですね、こんな食事も」

思わず漏らした言葉に、ギルさんが片眉を上げる。

「久しぶりっつーことは、サラサちゃん、前は食べてたのか？　こんな食事を」

「ええ。それなりに」

「ん？　そうなのか？　店長殿はいつも美味しい物を食べている印象があるんだが」

「いえ、恥ずかしながら、ディラルさんの所が混むようになって以降は、いつもこんな食事でしたよ？　パンだけは普通のパンでしたけど」

「なに？　そうだったのか？」

「はい。それを見かねて、ロレアちゃんが私のご飯を作ってくれるようになったって感じでしょうか」

アイリスさんが言うような、美味しい料理をいつも食べられるようになったのは、ヘル・フレイム・グリズリーに破壊された台所を直し、魔導コンロを設置してから。

ロレアちゃんには、それ以前から買い物に行ってくれたり、差し入れをしてくれたりと、お世話になっていたけど、毎日食事を作ってくれるようになって以降、私の食生活はとても充実している。ありがたいことに。

「ほう、サラサちゃんは料理が苦手だったのか？」

「いえ、別に苦手では。得意とも言いませんけど。単純に、料理よりも錬金術に時間を使いたかっただけです」

「ふむ。サラサちゃんぐらいの歳で店を持つなら、それぐらいの必死さが必要だよな」

「……まぁ、そう、ですね？」

納得したように頷くグレイさんに、私は微妙に曖昧な言葉を返す。

成績トップをキープするとか、錬金術師の資格を取るとか、そっち方面に関しては必死だったけど、お店の方は『偶然が重なって』と言うべきか、それとも『図らずも』と言うべきか。経緯が経緯なので、微妙に肯定しづらい。

「ところで、夜の見張りの方はどうする？　二人ずつ、三交代で良いか？」

「魔法でアラートを仕掛けておきますから、見張りなしでも大丈夫ですよ？」

「魔法か……サラサちゃんを信用しないわけじゃないが……」

「不安なら、見張りを置くこと自体には反対しませんけど」

アンドレさんたちのようなベテランの採集者であれば、当然の用心だろう。

だが、アイリスさんは即座に首を振った。

「いや、私は店長殿を信じるぞ！」

「アイリス、あなたは見張りをしたくないだけじゃないの？」

「それもある！」

あるんだ⁉　いや、別に良いんだけど。

「しかし私の見張りより、店長殿の魔法の方がよっぽど信じられるのは、間違いない」

「……一理あるわね。アンドレさんたちはどうします？」

「俺たちは……一応、一人ずつ見張りを出す。サラサちゃん、すまないが、明かりだけはつけておいてくれるか？　暗めのもので良いから」

少し悩んで、そう結論を出したアンドレさんに、私は頷く。

「構いませんよ。それでは、よろしくお願いしますね」

◇　◇　◇

村を出て三日目。

私たちは大した問題もなく、事前に設定していた目的地近くまで辿り着いていた。

昨晩こそアラートで起こされることになったが、現れたのは大して強くもない魔物で、アンドレさんたちがあっさりと処理して、すぐに就寝。体調も良い。

フローティング・テントのおかげもあって、寝不足になることもなく、体調も良い。

「それで、この山にヘル・フレイム・グリズリーがいるのか？」

「正確には、いた、ですね。あの群れが、どこか遠い場所から来たのでない限り」

村の北西にある、中腹以上にはほとんど木の生えていない火山。

それを見上げて言ったアンドレさんの言葉に頷きつつ、私は少し訂正する。

私の持つ本では、ここが最も村に近い生息地とされていた。

この山に転がっている火炎石がヘル・フレイム・グリズリーの主食……と言うのも少し変だけど、彼らが生存するために必要とする物。

これがなければ生きていけない彼らは、通常、生息地を離れることはない。

だが、なんらかの理由で離れざるを得なくなった場合に発生するのが、あの狂乱である。

「山が崩れたとか、そういう様子はないわね。たぶん」

「私たち、元の山を知らないからな。煙は出ているが……噴火している様子もない」

「なぁ、サラサちゃん、いきなり噴火したり、しねぇよな？」

「ないとは言い切れませんが、おそらくは大丈夫ですよ。余程運が悪くなければ」

エリンさん経由で村長さんに訊いてみたところ、少なくとも村長さんの人生の中では、村に影響があるような噴火は起きていないみたいだし。

　小規模なものに関しては判らないから、そこはやっぱり運なんだけど。

「運か……。私はあまり自信がないな」

「先日、死にかけたものね。でも助かってるんだから、利運はあると思うわよ？」

「ここにサラサちゃんがいるわけだからな。大丈夫だろ」

「私、ですか？　私、運が良いですか？」

　アンドレさんの言葉に、私は首を傾げる。

　両親が商売の途中で横死を遂げることになったのは、運が悪い。

　入った孤児院が悪くない場所だったのは、運が良い。

　錬金術師になれたことは……運じゃなくて、実力と思いたい。

　でも、師匠のお店に入れたことは、幸運かも？

　師匠のお店の前に貼ってあった求人を見つけたのも、たまたまだったから。

　ヨック村の人たちは、ロレアちゃんを筆頭に良い人が多い。

　トータルで見ると……私の運、程々？

　そんなことを考えている私を見て、アンドレさんは苦笑して首を振る。

「いや、俺たちの運が良い。サラサちゃんが村に来てくれたわけだからな」

「その上、ヘル・フレイム・グリズリーの狂乱があっても、大した怪我もなく生き残っている。先日の蜂蜜でも助けられた」

「そうそう。滅茶苦茶、運が良いよな、俺たち」

「そう言って頂けると……少し嬉しいですね」

頷き合うアンドレさんたちに、思わず頬が緩む。

私との出会いは良い出会い、そう思われているってことだから。

「それじゃ、その運に期待して、登ってみるとするか」

「そうですね。あ、目的は原因の調査ですから、なにかあっても下手に手を出さないでくださいね？　ヘル・フレイム・グリズリーを追い出す存在がいる危険性が高いですから」

一応は、と注意を喚起した私に、アンドレさんたちは神妙に頷き、山を登り始める。

まともな道はないものの、さほど険しい山でもなく、半日ほども草木をかき分けて登り続ければ、やがて中腹を越え、周囲から植物の姿が消える。

地面もほんのりと温かくなり、所々湯気を上げている場所も目に入り始めた。

「この辺りから、火炎石が落ちていますから、見つけたら拾っておいてください。後ほど精算しますから」

あまり大きな物がないので、火炎石としては価値が低めだけど、それでも錬金術の素材、決して安い物ではない。

せっかくここまで来たのだから拾わないなんて勿体ない、そう思って言った私に対し、アイリスさんが少し困ったように口を開く。

「店長殿、私は火炎石を見たことがないのだが……」

他の人の顔も見てみれば……うん。普段見る機会がないなら、仕方ないかな？

「えっと……これが火炎石です」

私は周囲を見回し、やや小さいながらも火炎石を一つ見つけ、拾い上げる。

赤黒く、光沢があり、握ればほんのりと温かい石。

遠目ですぐに見つかるほど目立つわけではないが、慎重に観察してみれば、素人でも十分に見分けが付く。

見た目通りにかなり硬い石で、金槌を使わずに砕くのは難しく、当然、普通の人間が嚙み砕くことなんて不可能。

ヘル・フレイム・グリズリーはこれをバリバリと食べて生きているというのだから、魔物というのは不思議である。

年を取って歯が弱くなるとか、ないのかな？

「普通は地面が熱い場所に多く転がっているようです」

「へぇ。じゃあ、あの湯気が出ている場所に――」

「待った!!」

ひょいひょいと軽い足取りで、その場所へ向かおうとしたギルさんを慌てて制止。

「ギルさん、その前に、私の説明を聞いて行ってください」

「お、おう……」

「あの湯気が出ている場所は確かに高温なんですが、一息で意識を失う毒ガスが周辺に漂っていたり、超高温の蒸気や熱湯が唐突に噴き出したりする危険性もあります」

しかも、毒ガスは目に見えないし、熱水が噴出する予兆も感じられるとは限らない。

大半の場所は問題ないんだけど、稀にはそんな危険な場所もあるわけで。

私も専門家じゃないから、どこが危険とは言えないし、安全かどうかはほぼ運任せ。

「と、いうことで……、どうぞ行ってください」

私が『さぁ』と近場の湯気が出ている場所を指させば、ギルさんは慌てて首を振る。

「いや、その説明を聞いたら行かねぇよ!?　いくら俺でも！」

「当然だ。ギルが行くと言っても、俺が止める」

残念。火炎石はあまり手に入らないようだ。

「店長さん、それに対処できる錬成具はないの？」

「ガスの方は一応、個人用のを一つだけ持ってきています。蒸気の方は〝耐熱スーツ〟という物があるんですが、まだ作ってないんですよね」

防毒マスクは小さい物なのでさっさと作ったんだけど、耐熱スーツの方は、錬金術以前に全身をすっぽりと覆う革製の服が必要なので、保留中だったのだ。

師匠のお店だと、こういった物は別途専門の職人が作ってたんだけど……外注が難しいのが、田舎の欠点だよね。

しかも耐熱スーツって、微妙に使い道が乏しいし。

熱湯や蒸気には耐えられても、通常の物は炎のブレスなどに耐えられるほどじゃないし、全身を覆っている関係で動きづらい。

その上、冷却機能を追加しなければ中が蒸し風呂状態になるのだから、本当にこんな場所ぐらいでしか使う機会もないのだ。

「つまり、危険を回避する方法はないということか。ちょっと残念だな」

「今回は安全な範囲での採取に留めておきましょ。どうしても必要なら、それらの錬成具を準備してまた来るということで。店長さんも、いいわよね？」

「はい、構いませんよ。どちらかと言えば素材の採集は、皆さんの報酬が増えるかどうか、ですからね」

今回、道中で採集した素材はすべて私が買い取り、その金額を、私も含めた人数で分割する予定になっている。

でも基本的にそちらは余禄で、金額としてはさほど大きくない。

本来の報酬は村から支払われる金銭で、私の場合は薬草畑の提供。

いろんな物を作りたい私としても、欲しいのは素材の種類で、量はさほど重要じゃないんだよね。なので、無理してたくさん集める必要はない。

「なら、道中で安全に拾えそうな物だけを拾っていく、で良いんだよな？」

「ですね。向かう先は……私の探知魔法に反応があった方向にしましょうか」


湯気の立ち上る場所を避けつつ、更に一時間ほど山を登ると、そこで遭遇したのは、頭から尻尾の先まで一・五メートルほどもある赤茶色の巨大なトカゲだった。

胴体は私の腰回りよりも太く、背中はゴツゴツとした硬そうな表皮に覆われている。

かなりの距離を取って足を止めたので、向こうがこちらに気付いているかどうかは不明だが、そのゆったりとした動きからは、少なくとも警戒している様子は感じ取れない。

「結構、でかいトカゲだな？　サラサちゃん、あれはなんだ？」

「あれは、〝溶岩トカゲ〟ですね。別名、〝サラマンダーモドキ〟です」

「おぉ、店長殿、なんか強そうな名前だな！」

何故か嬉しそうなアイリスさんの言葉に、私はつい、苦笑を漏らす。

「溶岩の中で泳いでいたという言い伝えがあるんですが……」

「え、マジで？　そんなに熱に強いのか？」

「いえ、たぶん、嘘だと思いますよ？」

驚いたように振り返ったアンドレさんに、私は首を振った。

火山地帯では赤いお湯が噴出している場所もあるので、そこで泳いでいたのを見間違えたんじゃ、というのが私の予想。

ただし、かなり熱に強いことは間違いないようで、熱湯をかけたぐらいでは死なず、火系統の魔法にもかなりの耐性がある。

逆に寒さは極端に苦手で、春先程度の気温でも身動きが取れなくなるらしい。

つまり、ここのように一年中地面が温かい場所こそ、彼らの好適環境なのだ。

「やはりヘル・フレイム・グリズリーはいないようですね」

「あの溶岩トカゲ？　あれが追い出したのか？」

「そんなに強いのか？　あのトカゲが」

「いえ、強くはないんですが、硬いんですよね、結構」

背中側だけではあるけれど、ヘル・フレイム・グリズリーの爪をはじき返すほどには頑丈な表皮を持っているのだ。あの溶岩トカゲは。

「その上、炎も吐いて、熱耐性はヘル・フレイム・グリズリー以上ですから……」

溶岩トカゲ、ヘル・フレイム・グリズリー共に火炎石が主食であり、それは熱湯が噴き出している場所や溶岩が流れているような、地熱の高い場所に多く存在する。

だが両者を比較すれば、ヘル・フレイム・グリズリーの熱耐性は、溶岩トカゲのそれに遠く及ばない。

「つまり、ヘル・フレイム・グリズリーが食べられる場所にある火炎石は溶岩トカゲも食べられるが、その逆は不可能ってことか？」

「そういうことです。それでいてヘル・フレイム・グリズリーが簡単に駆逐できるほどに弱くはないですし、熱泉の場所に逃げてしまえば、手出しもできなくなりますから――」

「生存競争に負けて、ヘル・フレイム・グリズリーの狂乱が発生したってことね」

「はい、たぶんそうじゃないかと」

道中で拾うことができた火炎石の少なさも、その仮説を補強している。

疑問点を挙げるなら、なんで溶岩トカゲが増えたのかってことだけど。

どこか余所から移動してきたのか、なんらかの要因で急に繁殖したのか。

そもそも魔物は、普通の動物と同じように生殖活動を行って繁殖するのかすら、明確にはなっていないのだから、そこをあまり考えても無駄かな？

錬金術師に必要なのは、魔物から得られる素材を活用する知識。

魔物の生態を研究したところで、お金にはならないのだ。

「つーことは、これで調査は終了ってことなのか？　微妙にすっきりしねぇけど」

「まぁな。だがこれ以上、俺たちにできることはないだろう？　報告内容は『狂乱の原因は溶岩トカゲ。再び狂乱が発生する確率はかなり低い』ってところか」

「ですね。ヘル・フレイム・グリズリーもいないみたいですし……帰りますか」

「そうだな。早く帰った方が、エリンからしても助かるだろう」

そう結論を出し、帰還しようと言う私たちだったが、アイリスさんは少し不思議そうに、山の上を指さす。

「ん？　では、ここから上の調査は不要なのか？　山頂まではまだあるぞ？」

今いるのは山の中腹を少し越えた辺り。

調査した範囲は、生息地と目される場所のごく一部でしかないんだけど……。

「それは止めた方が良いでしょうね。溶岩トカゲが、何故〝サラマンダーモドキ〟と言われているか。誰か、ご存じですか？」

私の問いに全員が顔を見合わせ、首を振る。

「そう訊くってことは、溶岩トカゲが熱に強かったり、炎のブレスを吐いたりすること以外に、よね？」

「はい。それなりに重要な情報なので、本で調べると大抵は載っているんですが――」

溶岩トカゲとサラマンダー。

知っていれば見間違えるはずもないのに、それでも〝サラマンダーモドキ〟などと呼ばれているのは、この両者が頻繁に同じ場所で目撃されるから。

なんらかの補完関係にあるのか、単なる偶然なのかはよく判っていないが、生息環境が溶岩トカゲと近いヘル・フレイム・グリズリーと、サラマンダーとの組み合わせが知られていないところを見ると、きっと何か理由があるのだろう。

「つまりは、ナニか？　この先に進むと、サラマンダーに遭遇するかもしれねぇと？」

「はい。その危険性があります」

「むぅ……。さすがに店長殿でも、サラマンダーは斃せないか？」

「少なくとも、今の装備では無理ですね。採算度外視で、しっかり準備をしてくれば……どうでしょう？　サラマンダーを斃そうと思ったことがないので」

サラマンダーのブレスに耐えられる防具や、使い捨ての各種錬成具をふんだんに使用すれば……どうにかなる、のかなぁ？

　本を読めば危険なことは解るけど、その強さを数値で示してくれるわけじゃないから、斃せるかどうかなんて、軽々には判断できない。

「私もサラマンダーと対峙したことありませんし、今度、師匠に訊いておきますね」

　そう答えを出した私に、アイリスさんは少し焦ったように手を振る。

「あ、いや、別に斃しに行きたいとか、そういうわけじゃなかったんだが……」

「当然よね。店長さん、サラマンダーが村に襲来する危険は――ないのよね？」

「ないですね。縄張りから離れる魔物ではありませんから。万が一、この山が噴火して、村が溶岩に飲み込まれるようなことでもあれば別ですが、そうなるとサラマンダーがどうとか言っている場合じゃないですし？」

「そりゃそうだ。俺たちはもちろん、村人全員で逃げ出してるわな！　はっはっは！」

「いや、アンドレ、それは笑いごとじゃないからな？」

　少々不謹慎なアンドレさんの言葉にグレイさんが顔を顰めるが、アンドレさんは肩をすくめるだけである。

「ま、心配しても仕方ねぇことだよなぁ。それでサラサちゃん、サラマンダーはいそうなのか？」

「たぶん、いますね。探知魔法にかなり強力な反応がありますから。もしサラマンダーじゃなくても、強い魔物であることは間違いありません」

だからこそ、先に行くのを止めたわけで。

私の答えを聞いて、アンドレさんは即座に頷いた。

「やはりここまでだな。さすがにあの程度の報酬で命は懸けられん。異論はないな？」

「問題ない」

「当然だろ」

アンドレさんの言葉に、グレイさんたちはすぐに同意。

アイリスさんたちの方は頷きつつも、一つの提案を口にする。

「私たちも異論はないが、せっかくここまで来たんだ。店長殿もいることだし、溶岩トカゲを多少、狩って帰りたいんだが……どうだろうか？」

「そうよね。せっかくここまで足を延ばしたんだし、もうちょっと稼げたら嬉しいんだけど……店長さん、どうかしら？」

ケイトさんが問うように私の方を見て、小首を傾げる。

私としては、それなりに珍しい素材が手に入ったので来た価値はあったけど、金銭的価値の面でどうかと言えば……ちょっと微妙だね。

ヘル・フレイム・グリズリーが狂乱を起こしているんだから、当たり前と言えば当たり前で、拾えた火炎石の量もさほど多くない。

均等に分ければ、追加分が一日分の稼ぎに届くかどうか。

余禄だから構わないとも思うけど、勿体ないという気持ちも理解できる。

「私は構いませんよ。溶岩トカゲの素材も、確保しておいて損はないですから。問題は安全に狩れるか、ですが……皆さん、狩ったことはない、ですよね？」

「私はないな。見たのも初めてだ」

「俺たちも同じだ。こんな場所までは来ないものな」

「ですよね。なので、最初は私が斃してみますね」

少し離れた場所で危機感もなく転がっている溶岩トカゲを指さし、私は解説を始める。

「まず注意すべきは、ブレスと尻尾です」

ブレスは言うまでもなく危険なのだが、尻尾による攻撃も、決して侮れない。

普段のゆったりとした動きからは想像できないほど、その尻尾は素早く動き、力強い。

当たり所が悪ければ大人の足でもへし折れてしまうほどで、安易に『背後から近付いて攻撃を』などと思っていたら、足を掬われる。

「鋭い爪も一見危険そうですが、普通はそこまで気にする必要はありません。こちらが動けなくなったときに活躍するので、侮っていいわけではありませんが」

例えば、尻尾の攻撃で足の骨が折れ、逃げられなくなったとき。

太い腕から繰り出される爪の攻撃は、ヘル・フレイム・グリズリーの毛皮すら貫通するらしく、多少の防具では役に立たない。

溶岩トカゲがヘル・フレイム・グリズリーと戦う際は、耐えられる温度や得意な地形の差を利用し、泥状になっている熱泉に誘い込んだりして斃すとかなんとか。

「ですので、溶岩トカゲと戦うときは、深追い禁物です。足元に注意しておかないと、思わぬ不覚を取ることになりかねません」

私たちだって、泥に足を取られている状況で数匹の溶岩トカゲに囲まれ、ブレスや爪で攻撃を受ければ危ない。

一番良いのは遠距離攻撃か、槍などの長物の武器を使う方法だが、それに該当するのはケイトさんの弓と私の魔法のみ。

他の人は全員が剣で、向いているとは言い難い。

なので、魔法で斃してしまうのが簡単なんだけど、今回はアイリスさんたちへのデモンストレーションという意味もあるわけで……。

「では、やってみますね。狙うべきはお腹側の少し軟らかい部分。身体の上側はかなり頑丈なので、剣が通りません」

説明が終われば実践。

アイリスさんたちに配慮して、今回は剣を使う。

溶岩トカゲの側面に向かって、やや離れた場所から一気に飛び込む。

ゆっくりと近付いていては、ブレスの餌食。

相手がこちらに向かって頭を回す前に、素早く剣を振り下ろす。

「このように、上から攻撃しても――」

ズバンッ！

ゴロリ。ビッチ、ビッチ！

「…………と、こんな感じに。なので側面から下腹を狙うか、可能ならひっくり返して攻撃すれば簡単に斃せます」

「イヤイヤ！　めっちゃ切れてるから！　頭、転がってるから！」

何事もなく進行しようとした私に、ギルさんからツッコミが入る。

「おかしいですね……？」

こんな感じに弾き返されますよー、と実演しようと思ったのに、私の振るった剣は溶岩トカゲを見事に両断。哀れ、頭と胴体が泣き別れ。

頭を失った胴体が、元気に暴れ回り……あ、さすがにそろそろ動かなくなってきたね。

――うん、敗因（?）は、師匠から貰った剣。

そういえばこの剣、ヘル・フレイム・グリズリーの強靭で太い首ですら、見事に切り落としていたんだよねぇ。

師匠曰く、『丈夫な剣』というのは伊達ではない。

「えっと、当たり前ですが、普通はこうなりませんし、できてもやらない方が良いです。この場所を切ってしまうと、価値が下がりますから」

「あー、やっぱりそうなのか?」

「はい。全身繋がっている方が望ましいです。上面の硬い皮は使い道も多いですし」

錬金術を使わない防具作りでも、鈍では傷つけられない溶岩トカゲの革は重宝される。

逆に言うと、防具以外ではあまり使い道がないんだけど。

革として汎用性が高いのは、もう少し軟らかい種類の革なんだよね。

「さて、誰から行きますか?　それとも全員で?」

「そうだな……サラサちゃん、この頭で試し切りをしてみても良いか?」

そう言ってアンドレさんが指さすのは、私が切断した頭の方。

これにも使い道がないわけじゃないけど……ま、いっか。それで安全性が高まるなら。

「良いですよ。でも、あまり強引に切ろうとしない方がいいですよ？　剣が欠けるかもしれませんから」

「すまないな。それじゃ、早速……」

そして、溶岩トカゲの生首で順番に試し切りを始めたアンドレさんたちだが、やはりと言うべきか、カキンと弾き返されて刃が通らない。

「お。想像以上に硬ぇな！」

「正に岩みたいだな。サラサちゃんは、これを斬れるのか……」

「剣の力！　剣の品質が良いおかげですからね？」

呆れたようなグレイさんの言葉に、私は慌てて注釈を入れる。

それなりに鍛えてはいるけど、普通の剣で溶岩トカゲを両断するのは無理だから！

「む。これは……下手をすると、本当に剣が折れそうだな？」

「アイリス、止めてよ？　先日、新しくしたばかりなんだから！」

「解っている。安い物じゃないからな」

眉を顰めて注意するケイトさんの言葉に、アイリスさんも当然と頷く。

アイリスさんの使っている剣は、あの事件が終わった後でジズドさんに作ってもらった物だが、彼は武器専門の鍛冶師ではないため、その品質は並である。

お値段からすれば十分に良い出来だとは思うけど、借金のあるアイリスさんたちが払える額は決して多くはないわけで。

私としては、多少返済が遅れても良いから、装備には力を入れて欲しいんだけどね。

「まぁ、予想通りの結果だな。次は腹側か。よっと！」

全員の試し切り——切れてないけど——が終わったのを確認したアンドレさんが頭をひっくり返し、今度は腹側の皮に向かって剣を振るう。

「……ん？　弾き返されるほど硬くはないが、こっちも簡単には切れんぞ？」

「うわっ、マジかよ。これ、俺たちに斃せるのか？」

「私の剣なら、一応突き刺さるな。これは突き一択か？」

どうやら腹側の皮も、予想以上に丈夫らしい。

アンドレさんたちの使っている剣は、あんまり切れ味が鋭くないし、こういうタイプの魔物には向いていないかぁ。

「案外、一番向いているのは、ケイトさんかもしれませんね」

「え、私？」

唯一、生首への攻撃に参加していなかったケイトさんに話を振ると、少し意外そうに私の方を見る。

「はい。ケイトさんなら、多少離れていても目を狙うことができますよね？」

私がそう確認すれば、ケイトさんは少し考えてから頷く。

「……そうね。溶岩トカゲが店長さんに反応しなかった距離、あれぐらいなら、問題はないと思うわ」

ヘル・フレイム・グリズリーが襲撃してきた時にも、建物の上から動き回るその目を射貫いていたのだから、じっと止まっている溶岩トカゲぐらい、ケイトさんにとってはただの的だろう。

あとは矢がどれくらい効くかだけど、そこは試してみるしかない。

「ということで、やってみましょうか？」

今であれば、危なければ私もフォローできるからね。

「いたな」

試すのならばまずは一匹からと、単独でいる溶岩トカゲを探して歩いていた私たちは、蒸気が噴き出している場所の近くでそれを見つけていた。

先ほどの個体と同様に、遠くから観察する私たちに反応も見せず、地面にピッタリとお腹を張り付けたまま、動かない溶岩トカゲ。

一見すると怠惰で無防備そうだけど、背中の皮の頑丈さ、そして腹側の皮の意外な丈夫さを知った今となっては、あれはかなり安全性の高い体勢だと理解できる。

「それじゃ、私からで良いのよね？」

「あぁ。ケイト、お前の弓の腕を見せてくれ」

「あんまり期待しないでよ……」

などと言いつつも、ケイトさんがひょうと矢を放てば、その矢は狙い違わず、溶岩トカゲの目に深く突き刺さる。

「よっしゃ！」

ギルさんが声を上げると同時、溶岩トカゲがびったん、びったんと暴れ始め——あ〜、そういえば、頭を切り落としても胴体は暴れるんだった。

仮に致命傷でも、矢の一本程度では動きを止めたりはしないかぁ。

放置すればそのうち死ぬかもしれないが、事態はそれを待ってはくれなかった。

「あっ！　逃げるぞ！」

「速い!?」

単純にビタビタと暴れていたのは僅かな時間。

溶岩トカゲはすぐに動き出し、私たちから離れる方向に、思ったよりも素早い動きで移動し始めた。

それを見たアイリスさんとグレイさんが声を上げ——。

「待って！」

すぐさま追いかけようとしたアイリスさんの襟首を、私は慌てて掴む。

「ぐぎゅっ！　——ゲホッ。店長殿、突然何を!?」

首が絞まったアイリスさんが苦しそうな声を漏らし、非難するように私を睨むけど——

これは仕方ないのだ。

「アイリスさん、先ほどの注意点、覚えていますか？」

改めて問うた私の言葉に、アイリスさんの目があっぷあっぷと泳ぐ。

「えっと……深追い禁物、だったか？」

「そうです。基本的に、溶岩トカゲが逃げる先は、人間が入ると危ない場所です。走って追いかけるなんて、厳禁です」

「な、なるほど……？」

一見すると平らな地面に見えるのに、実は深い泥、しかも高温。そんな場所もある。

溶岩トカゲが普通に移動しているから、自分たちも同じように歩けると考えるべきではないのだ。

「ということで、慎重に追いかけましょう。既にだいぶ弱っているみたいですし」

私がアイリスさんと話している間にも、溶岩トカゲは数十メートルほど離れた場所まで移動し、泥の中に身体を半分ほど入れた状態で動きを止めていた。

あれは『安全な場所まで移動したから安心』ではなく、たぶん弱って動けなくなっている状態。矢柄の半分ほどが頭の中にめり込んだ状態で、暴れたり移動したりすればどうなるか、想像に難くない。

「むしろ既に死んでそうよね。……もう一発、射ち込んでみましょうか？　あえて危険を冒す必要もないでしょ？」

「そ、そうだな。ケイト、頼む」

「任せて。……っ！」

ケイトさんが再び放った矢は、今度も溶岩トカゲの目を完璧に捉える。

だが、その身体は衝撃で僅かに揺れただけで、再度暴れ始める様子もない。

「ナイス！　よっしゃ、回収は俺に任せてくれ！」

ケイトさんに向かって、ビシリッと親指を立てたギルさんは軽い足取りで、しかし慎重に足元を確認しながら、溶岩トカゲへと近付いていく。

地面には熱湯が流れている場所もあり、かなり熱くなっているはずだが、私たちが履いているのは、水が染み込んだりはしない厚手のブーツ。

深い泥濘に足を突っ込んだりしない限り、火傷する心配もない。

そして、ギルさんもさすがはベテランと言うべきか、危険そうな所はきっちりと避けて歩いている。——だが、しかし。

「あっ、そんな不用意に——」

「ずわっちゃぁぁぁぁ!!」

……言わんこっちゃない。

溶岩トカゲの尻尾を掴んだその瞬間、ギルさんは叫び声を上げ、弾かれたように溶岩トカゲを放り出すと、凄い速度でこちらへと戻ってきた。

「サ、サラサちゃん！　手、手が！」

「はいはい。見せてくださいね」

手袋を外した手は真っ赤になっていたけど、症状としては軽い火傷だよね。

これなら、錬成薬を使うまでもない。

魔法で出した水で手を冷やし、軽い治癒魔法をかければ、すぐに赤みも引いていく。

それを見てギルさんはホッと息をつくが、横で見ていたアンドレさんは安堵しつつも、眉をつり上げてギルさんの頭を小突いた。

「馬鹿野郎、気を抜きすぎだ。すまないサラサちゃん。治療費は必要だろうか？」

「お店に来たのなら、お支払い頂きますが、今回は一緒に仕事をしている状況ですからね。魔法で対処できる範囲なら、不要です」

「すまねぇ。助かった。しっかし……めっちゃ、熱かった！」

「そりゃそうですよ。いうなれば、ひたひたで煮込まれた状態ですよ？」

泥とお湯という違いはあるけど、高温であることは両方同じ。

そんな場所に半分程浸かっている状態の代物が、熱くないはずがない。

「柔軟グローブは丈夫ですけど、断熱性はないですから」

「氷牙コウモリの牙も通さねぇし、大丈夫かと思ったんだけどな」

「いえ、目的が違いますから」

氷牙コウモリの牙は刺さりさえしなければ凍らないので、別に極低温を断熱して対処しているわけじゃないのだ。

断熱用には断熱用の手袋があるので、それを利用しないとダメ。

もっとも熱い物を掴むだけなら、高価な錬成具を買わずとも、鍛冶屋さんが使うような厚手の革手袋とか、料理用のミトンとかでも大丈夫だとは思うけどね。

「なるほど。今度は俺が行こう」

次に向かったのはグレイさん。

採集者としての経験値はギルさんとあまり差がないはずなんだけど、無口な故か、不思議と安心感と安定感のある人。

アンドレさんを支柱、ギルさんをムードメーカーとするなら、グレイさんは土台。

軽々には動かず、行動に隙がない。

そして今回も、先ほどのギルさんを見てしっかりと学習したグレイさんは、今つけている柔軟グローブの上にもう一枚の手袋をつけ、更には厚手の革袋まで用意。その革袋越しに溶岩トカゲの尻尾を掴むと、そのままズリズリと引きずって戻ってきた。

「グレイ、大丈夫か？」

「問題ない。サラサちゃん、これはしばらく放置しておけば、冷めるんだよな？」

「はい。身体の内部まで煮えたぎっているわけじゃないので、すぐに冷めると思いますよ」

「ってことは、冷めてから解体すればいいわけか。あっさり斃せたように思えるが――」

「ケイトの弓の腕があればこそ、だな」

「付け加えるなら、単独でいる相手なら、ですね。群れを狙ってしまうと、逃げずに襲いかかってくるみたいです。丸焼きになりたくないですよね？」

フムフム、と頷くアイリスさんに、私は注意点を伝えておく。

一匹だけならともかく、複数で襲いかかってくるとかなり危険。

溶岩トカゲ同士ではブレスが効かないのだから、相手は誤射を恐れず、好き勝手にブレスを吐き続けることだろう。

結果、丸焼けになるのは私たちだけ。

そのことを想像したのか、アイリスさんの顔色が少し悪くなった。

「うん、しっかりと留意する」

「ま、一匹だけの溶岩トカゲを狙えば良いだけだ。あとは足下に注意して、回収不能な場所に逃げられないようにするだけだな。それを踏まえて、やってみるか」

そうして狩りを始めた私たちだったが、溶岩トカゲの大きさと村までの距離を考えれば、持ち帰れる量には限りがある。

結局のところ、もう二匹ほども斃せば限界となり、早々に狩りは終了。

私たちは足早に、村への帰途についたのだった。

Alchemy Item Catalog

No 006

錬金術大全：第四巻登場
作製難易度：ノーマル
標準価格：100,000レア～

〈フローティング・テント〉

ゴツゴツの地面に悩まされたことはありませんか？ 空中に浮いてしまえば、なんの問題もありません！効率的な採集は、快適な休息環境から。虫除け、温度管理などの機能を付けることも可能です。※必要魔力はテント内の人から供給されます。ご注意ください

Episode 3

報酬と畑作り

「……あれ？　これ、なに？」

にわか調査隊を脱退し、そそくさと帰宅した私に待ち受けていたのは、家の隣に出現した立派な囲いだった。

エリンさんへの報告はアンドレさんたちに押しつけ——もとい、お願いして、ロレアちゃんの美味しい料理が待っていると、一人先に戻ってきたんだけど……。

あ、もちろん、アンドレさんたちに頼んだのには、理由があるんだよ？

報告すべきことがほとんどない上に、私と違ってアンドレさんたちは、エリンさんから報酬のお金を受け取る必要もあるわけで——。

「ん？　もしかしてこれって、私の報酬……？」

エリンさんから私に提示された報酬は、薬草畑（世話人付き）。

畑の囲いにしてはずいぶんと立派——身の丈よりも高く、人が入れる隙間もない——だけど、隙間から中を覗けば、そこにあったのは確かに畑っぽい物。

大部分はまだ草ボウボウだけど、そこでは三人の男性が地面を耕している。

「……サラサさん？」

「ロレアちゃん！」

訝しげな声に振り返れば、そこには不思議そうに私を見るロレアちゃんの姿が。

「お帰りなさい。無事に帰ってきてくれて、安心しました」

「うん、ただいま！　ありがとう、みんな、怪我はないよ。——じゃなくて！　えっと、これは何？」

「畑ですね。お仕事の報酬って聞きましたけど？」

「うん、でも、思ったより広いし、なんだか凄く立派な囲いが……」

他の畑にも獣避けの柵があったりはするけれど、少なくともこの村にある畑の中に、こんな立派な柵を備えたものなんて存在しない。

先日のヘル・フレイム・グリズリー襲来以降、森との境に新設された柵ほどではないにしろ、この頑丈さはそれに近いものがある。

「獣避けかな？　私の畑だから、頑張ってくれた？」

「その柵ですか。それは獣避けよりも、人避け……はっきり言ってしまえば、不埒な採集者避けですね」

腕組みをしてウムと頷きながら、ドヤ顔のロレアちゃんが解説する。

た、確かに採集者からすれば、森に入らずとも目の前に薬草が生えてるわけだけど。

「……いや、さすがにウチの隣にある畑から、薬草を盗んでいく？　普通」

いくらなんでも、それを『買い取れ』と私の店に持ち込んだりはできないよね？

「サラサさん、普通の人は作物泥棒なんてしません。今いる皆さんは良い人が多いですが、昔、この村が採集者で賑わっていた頃は、作物が畑から盗まれる被害もあったようなんです。私は生まれていませんでしたけど」

「そ、そうなんだ……？」

いや、私だってそういう不心得者が皆無とは思わないけど、こんな小さな村でそんなことをすればどうなるか、考えるまでもなく解りそうなものだけど。

「まぁ、その泥棒は、村人に他の採集者も加わって、ボコボコにして叩き出したみたいなんですけど」

「う、うん……そうなるよね、やっぱり」

この村の畑は小規模な物ばかりなので、村のすぐ傍か、村の中にあるわけで。

誰にも見つからずに盗むなんてまず無理だろうし、人口も少ないのだから、訊いて回れば犯人なんてすぐに見つかる。

しかも、役人もいない小さな村では、村長さんが最高権力者。

幸いなことに、この村の村長さんは、やや頼りないながらも善良な人だけど、村によってはきちんとした調査が行われるかすら保証されないのだから……その犯人、ボコボコにされても生きて村を出られたのなら、御の字かもしれない。

「滅多に起こることじゃないですけど、ここは村の外れですし、薬草を全部盗まれて、その足でサウス・ストラグへ逃亡とかされると困るので、頑張ったみたいですよ」

「そっか。私としては安心できるから、ありがたいけど」

少しぐらいならまだしも、ごっそりやられてしまうと種も採れなくなって困るから。

貴重な薬草を植えたりしたら、魔が差してしまう人がいないとも限らないか。

場合によっては、私も防犯設備の設置を考えるべきかもしれない。

「詳しいことはエリンさんが説明に来ると思いますが……マイケルさん！」

ロレアちゃんが柵の向こうに声を掛けると、作業をしていた人たちがこちらを振り返り、手を止めて近付いてきた。

あ、男性が三人かと思ったら、一人は女性だ。

こちらに背を向け、鍔の大きい麦わら帽子を被っていたから判らなかったけど。

「サラサさん、こちら、マイケルさんとその奥さんのイズーさん、それにお兄さんのガットさんです。ガットさんはご存じですよね？」

日に焼けた肌とがっしりとした肉体、如何にも農家という感じの人がガットさん。

食事に関してはロレアちゃんに任せっきりだから、私が野菜を買いに行く機会はないいんだけど、農作業をしている時に挨拶をした記憶はある。

それに対し、ガットさんの弟だというマイケルさんは細めの体格で、一見すると兄弟とは思えないほど。少なくとも農家じゃないよね？

イズーさんも村の女性特有の逞しさとは一線を画し、健康そうではあるものの、農作業をしている人の力強さとは程遠い。年齢は私のちょっと上ぐらいかな？

「こんにちは。マイケルさんとイズーさんは初めまして、ですよね？」

あまり自信はないけど、広くないこの村。

さすがに一度も見かけていない人というのは……たぶんいないはず。

「はい、僕たち夫婦は最近、この村に戻ってきましたので」

「あぁ、やっぱりそうなんですか。お二人で……えっと……」

農村から出ていく人の事情は大抵一つ。

家業を継げない次男、次女以降が、村の中で結婚もできずにお仕事を求めて大きな町へ向かうパターン。グレッツさんのように、なんらかの職業に就きたくて村を出る人もいるけど、そんなのはかなりの少数派。

やむにやまれずに村を出る人が多いわけで……そんな人がこの村に帰ってきた理由、訊いちゃまずいかな……？

——などという私の逡巡（しゅんじゅん）をぶった切るように、ロレアちゃんが遠慮（えんりょ）なくぶっちゃける。

「マイケルさんは、サウス・ストラグに出ていたんです。そこでイズーさんと結婚したみたいですけど、あんまり良いお仕事には就けなかったみたいで。簡単に言うと、出戻（でもど）りですね！」

「ロ、ロレアちゃん……」

本当に身も蓋（ふた）もないロレアちゃんの言葉に、マイケルさんが泣きそうな表情になり、傍に立つイズーさんも苦笑（くしょう）を浮（う）かべる。

そんなマイケルさんの背中をガットさんが、ドンッとどやしつけた。

「本当のことじゃねぇか！　結婚したっつーから、祝いに行ってみりゃ……まともに稼（かせ）げねぇのに、結婚してんじゃねぇよ‼　たまたまエリンさんから話があったから助かったが、どうするつもりだったんだ、お前？」

「うぅ……それは……感謝しています。エリンさんにも、兄さんにも。あ、もちろん、サラサさんにも！」

なんでも、町に出た弟が結婚したと聞いたガットさんは、『無事に成功したのか！』と喜び勇んで、サウス・ストラグまでお祝いに出向いたらしい。

だけど、そこにいたのは、日々ギリギリで生活している弟と義妹。

一応、二人とも仕事には就いていたので、『困窮している』ってほどではなかったみたいだけど、将来の展望はまったく見えない状態。

とはいえ、村で細々と農家をしているガットさんに援助ができるほどの余裕があるはずもなく、その時は結婚のお祝いを置いて帰るしかなかったようだ。

「そんな状態で、どうして結婚を？」

結婚を申し込んだのはマイケルさんらしいので、イズーさんになんで受け入れたのかと訊いてみれば――。

「この人は、私が支えてあげないとダメになっちゃう気がして……」

困ったような表情ながら、どこか嬉しさを感じさせるイズーさんの言葉を聞き、私とロレアちゃんは思わず声を揃える。

「「うわぁ……」」

これ、ダメなパターンだ！

甲斐性なしを支える献身的な妻。

一見美しいけど、どっちも幸せになれないヤツ！

そしてそれはガットさんも同じ思いだったようで、困ったようにため息をつく。

「この調子だろ？　まさかほっとけねぇし、俺からエリンさんに頼み込んだってわけだ」

弟夫婦の状況に『どうしたものか』と悩んでいたちょうどその時、エリンさんが薬草畑で働く人を探しているという話を聞きつけ、ガットさんは慌ててエリンさんに頭を下げ、マイケルさん夫妻を呼び戻したらしい。

通常、新たに畑を開墾しようと思えば、そのために必要なコストは全部自分で負担しなければいけない上、収穫できるまで食いつなぐための生活費も必要になる。

だが今回の畑は、私への報酬として作られるため、費用は全部村が負担。

それに加えて当面の生活費も支払われるようで……自分の畑にはならないけど、かなり良い条件であることは間違いない。

「お兄さん……良い人ですねぇ……」

ため息をつきつつも、優しい目で弟夫婦を見るガットさんに、私はしみじみと呟く。

家を出た兄弟のことなんて知らない、むしろ邪魔だから追い出したい、みたいな家もあったりするのに、わざわざ骨を折ってあげるんだから。

「へっ。そんなんじゃねぇよ。コイツはともかく、せっかくできた義妹を不幸にするわけにはいかねぇだろ？　金はねぇが、できる範囲なら手助けしてやるさ」

などと、ガットさんは鼻を掻きながら少し照れたように言うけれど、今やっていた土起こしも、自分の畑の作業を終えてから、わざわざ手伝いに来たらしい。

夏場の農作業なんて、ただでさえ大変なのに。

「暑い中、お疲れ様です」

「夏だから仕方ねぇ。それでも、今年はずっと楽だぜ？　サラサちゃんの冷却帽子があるからな。それがなけりゃ、コイツなんか既に倒れてるだろうさ！」

そう言って、マイケルさんを小突くガットさん。

小突かれたマイケルさんの方も、自覚はあるのか苦笑を浮かべつつ頷いた。

「はい、本当に助かっています。――この帽子も借り物なんですけど」

「私もこんな真夏の農作業、これがなかったらとてもじゃないけど……まさか、こんな田舎の村人が錬成具を持っているなんて――あっ、ご、ごめんなさい！」

紛れもない事実をポロリと漏らしたイズーさんが、ハッとしたように口を押さえ、慌てて謝るが、ロレアちゃんとガットさんは、特に気にした様子もなく、首を振った。

「田舎ですよね、この村。これでもサラサさんが来てから、マシになりましたけど……」

「だよなぁ。冷却帽子にしても、サラサちゃんのおかげで手に入っただけだしな。二人とも、サラサちゃんに感謝しろよ？」

「もちろんです」

「ええ、話は聞いてる。――えっと、サラサさん、私が帽子を持ち込んでも大丈夫？」

「はい。村人なら誰でも。こちらに移住するんですよね？」

「もちろん。……やった、オシャレな冷却帽子が手に入る」

イズーさんは深く頷き、小さな声で嬉しそうにそんな言葉を漏らす。

今使っている麦わら帽子型は、この村の農家に一番人気だけど、都会で暮らしていたイズーさんとしてはちょっと不満なのだろう。

私としてもオシャレ感度の高そうなイズーさんが、素敵な帽子を持ち込んでくれたら、商品のバリエーションも増えるし、逆にありがたいぐらい。

村の人が買うのは期待薄だけど、グレッツさんには売れるかもしれないしね。

「ところで、この畑の管理は、マイケルさん夫婦にお任せして良いんですよね？」

「はい。兄は〝畑〟になるまでの間、手伝いに来てくれているだけなので……。ご迷惑をおかけするかもしれませんが、ご指導のほど、よろしくお願いします」

「私も頑張ります。農作業はこれが初めてだけど！」

頭を下げるマイケルさんと、手をぎゅっと握って気合いを入れるイズーさん。

言動やその外見から想像はついていたけど——。

「イズーさんは、農村出身じゃないんですね？」

「うん、私はサウス・ストラグ生まれのサウス・ストラグ育ち。農村で生活するのは、これが初めてなの」

「やはり。マイケルさんは農業の経験、多少はあるんです、よね……？」

ガットさんの弟なんだから、少なくとも子供の頃は家の手伝いをしていたはず。

でも、日にも焼けていないし、体格的にも農業をしていたようにはまったく見えない。

サウス・ストラグでどんな仕事をしていたのかは知らないけど、お兄さんに比べると筋力にも乏しそうだし、少々不安を感じなくもない。

栽培方法は指導できても、私は農業の専門家というわけじゃないし、小規模に育てる錬金術師の薬草栽培と農業的な大量生産。違うところも多くあると思う。

そんな私の心情を察したのか、ガットさんが少し困ったように口を開いた。

「あ～、成人してすぐに村を出ちまったからなぁ……。だが、そのへんは俺も手助けするし、コイツもちょっと要領は悪ぃが、愚直に身体を動かすのは得意なんだ。サラサちゃん、すまねぇが、長い目で見てくれねぇか？」

「あ、はい、それは別に構いませんが……マイケルさんたちは大丈夫ですか？」

私自身は錬金術師がメインのお仕事なので、ここの薬草栽培に失敗してもダメージは少ないし、薬草も採集者から買い取るので、あまり困らない。

でも、これを生業とするマイケルさんたちは……。

「万が一失敗した場合、日々の生活費とか、住む場所とか」

「今は兄さんのところに居候させてもらっています。当面はエリンさんから給料を貰えますので、その間になんとかできれば……」

「ゆくゆくはあの辺に新居を建ててやりたいんだが、それもコイツの頑張り次第だな。子供ができりゃ、居候ってわけにもいかねぇしなぁ」

そう言ってガットさんが指さすのは、私の家から見て畑の反対側。

これまでは私の家が村の端だったから、もしマイケルさんが家を建てれば、少し村が広がるってことになるのかな？　エリンさんも『上手くいけば、薬草畑を増やしたい』みたいなことを言っていたし、村人が増える要因になるのかも？

「むむっ、これは責任重大ですね」

「いや、気にしなくていいぜ？　サラサちゃんは、ちゃんと栽培できてんだろ？　失敗したとすりゃ、その責任はマイケルにある。おめぇ、安定して稼げるまで、子供をつくんじゃねぇぞ？」

「に、兄さん！」

にやりと笑って肩をパシンと叩くガットさんに、マイケルさんが焦ったように言い返し、イズーさんも少し頬を染める。

でも、そっか。結婚したんだもんね。子供もできるよね。

「では、結婚のお祝いというのも変ですが、少し魔法でお手伝いします」

できるだけ早く結果が出るに越したことはないと思うし、新婚さんに色々と我慢させるのはきっと可哀想。よく解んないけど。

私、恋人がいたこと、ないし！

「土起こしさえしてしまえば、楽になりますよね？」

開墾で一番大変なのは、硬い地面を耕して、石や根っこなどを取り除く作業。

幸い、ここに生えていたのは灌木程度で喬木はなかったはずだけど、草がしっかりと根を張った地面は、掘り起こすだけでもかなりの重労働。

地面を軟らかくしておけば、少しは手助けになると思う。

「そりゃ、ありがてぇが……できるのか？」

やや困惑気味にこちらを見るガットさんに対し、私は「もちろん」と力強く頷く。

「それでは、早速――」

と魔法を行使しようとした私の手を、ロレアちゃんが握って止めた。

「サラサさん？　もし魔法で藪や草が一掃できても、土を吹き飛ばしてしまうと、畑としては使いづらくなりますよ？」

「……ロレアちゃん、私のこと、なんだと思ってるの？」

まさか、『面倒だから全部吹き飛ばしちゃえ！』みたいな、雑な人間だと思われているのだろーか？

少々心外な発言に私がジト目を向けると、ロレアちゃんも似たような目になっていた。

「あそこを思い出してから、もう一度言ってください」

ロレアちゃんが指さすのは、ウチの裏庭から続く森――いや、元森？

今ではすっかり木々が消え去り、地面が露出して訓練に最適な広場になっている。

私はそうなった原因を思い起こし、つぃと視線を逸らす。

「あ、あれは、攻撃魔法の練習だったから」

「……今回使うのは違うんですか？」

「その一種ではあるけど――ま、まぁ、見てて！　ここの一列をやってみるから！」

ロレアちゃんの言葉を聞き、少し不安そうな表情を浮かべ始めた三人に私は背を向け、ゆっくりと地面に手をつく。

魔力を通す範囲は幅二メートル、長さ一〇メートルほど。そこを見定めて……。

「……えいっ!!」

グッと魔力を込めれば、地面がボコリと浮き上がり、土が上下に攪拌される。

そうして出来上がるのは、周囲から二〇センチほど高くなった畝のような物。

草や石は交じったままなので、それを取り除く作業は必要だけど、硬い地面を掘り起こす重労働が省ける分だけ、ずいぶんと楽になったと思う。

「「「おぉぉ！」」」

「凄いです、サラサさん！」

「え、いやぁ、そんなことないよ～。ちょっと魔法が使えれば、できることだから」

さっきとは一転、キラキラとした瞳でロレアちゃんに見つめられ、良い気分になる私。

「魔法……これって、私でもできたりしますか!?」

「え、やりたいの？　ロレアちゃん」

「はいっ！」

キラキラとした瞳のまま、意外なことを言うロレアちゃん。

ロレアちゃんは結構魔力を持ってるし、頑張れば不可能じゃないとは思うけど……。

「努力は必要だよ？　魔法だから。それでも？」

「だって、そんなことができたら、お仕事に困らないじゃないですか！」

「え、ロレアちゃん、私のお店で働くの、嫌？」

そんなっ！　と訊き返した私に、ロレアちゃんは慌てて首を振る。

「あ、いえ、そんなことはないんですが……もしクビになったりしたら……」

「そんなつもりはまったくないけど……」

むしろ、逃がすつもりがない。

こんな使い勝手の良い人材（良い意味で！）をクビにするとか、あり得ないから。

「……でも、お小遣い稼ぎにはなるか。良いよ、教えてあげる」

農家垂涎の魔法だからね。

ロレアちゃんぐらいの魔力量があれば、一日で数人分、上手くすれば一〇人分ぐらいの日当を稼ぐことも夢じゃない。

そのためにロレアちゃんが休みを取りたいというのなら、それを認めるぐらいの度量はあるよ、私は。

「ちなみにサラサちゃん、俺たちは？」

「あー、不可能、とは言いませんが、普通にやった方が速いぐらいだと思いますよ？」

私の感じ取れる三人の魔力量は、平民としては実に平均的。

つまり、あまり魔法には向いていないわけで、頑張って使えるようになったとしても、手作業以上の効率を上げることは、かなり難しいだろう。

「やっぱり、魔法は才能なのね……」

「ははは……そういうところはありますね」

イズーさんが残念そうに言うが、魔力に関しては、ある意味で才能がありすぎる私としては、乾いた笑いを返すしかない。

「ま、まぁ、ロレアちゃん、ちょっとやってみよっか？　まずは――」

そして私は話を変えるように、ロレアちゃんの手を引いたのだった。

◇　◇　◇

「それで、ちゃんとできたのか？　店長殿」

エリンさんの所から戻ってきたアイリスさんにそう尋ねられ、私は当然と頷く。

「もちろんですよ。私、失敗しないので！」

最近はね！　師匠に弟子入りした頃は、それなりに――いや、正直に言うと、毎日のように失敗して、迷惑をかけていたけど。

でも、今回は本当。ロレアちゃんも同意するように頷いているしね。

しかしアイリスさんは、困ったように首を振った。

「あ、いや、私が訊いたのはロレアはどうだったのか、なのだが」

「私ですか？　私はさっぱりでした……」

「で、でも、コツコツと練習を続ければ、きっとできるようになるよ、うん」

私は慌てて、悲しそうな顔になったロレアちゃんにフォローを入れる。

効果はでなかったけど、魔力を動かすことはできていたと思う。

最初はそれが難しいのだから、今後の努力次第で十分に実用になるはず。

「ほう。ならば、実家で開墾を行う際は、ロレアに頼むとしようか」

「おや？　アイリスさん、私は信用できませんか？」

間違って柵を壊しちゃった、とかないですよ？

畑の範囲だけ、きちんと掘り起こしてますよ？

「そうじゃなくて、私たちじゃ、錬金術師の店長さんを雇えるだけの報酬はとても出せないから。その点ロレアちゃんなら、作業量分の給料で大丈夫じゃない？」

それだけの給料を払ったとしても、時間が短縮できるなら意味があるらしい。

「開墾作業って、ほんっとに、大変だからなぁ……」

経験があるのか、アイリスさんの言葉には魂が籠もっていた。

私は商人の娘だったので話に聞いただけだけど、人力でやる開墾作業というのは本当に大変で、農民に課せられる賦役の中でも最低最悪。

あまりやり過ぎると、領主の人気は一気に降下することになる。

長期的には領地が豊かになって領民にも恩恵があるんだろうけど、それを実感するのはずっと先のこと。

それでも領民を動かせるかどうかが、領主の腕の見せ所、なのかもしれない。

「……ちなみにその魔法って、難しいの？」

「そんなに簡単ではない、かも？　使った魔法は『地槍』の一種なんですが、この魔法自体は威力を考えなければ、そんなに難しくないんです。ですが、改変して適度な威力にするには、精密な魔力操作が必要になるので」

それこそ錬金術師になれるぐらいの。

もちろん、それだけでなれるほど甘くはないけど、最も重要な技術であることは間違いなく、努力次第で錬金術師になり得るだけの素地はあるとも言える。

「攻撃魔法の方が簡単なのか……それは、若者にはあまり人気がなさそうだな。やはり、魔法使いといえば高威力な攻撃魔法、というイメージだからな！」

訳知り顔で頷くアイリスさんも、そういった魔法使いに憧れた口なのかもしれない。

その隣で少し呆れたような視線を向けている、ケイトさんの表情を見るに。

でも解る。私も子供の頃はちょっと思ってたから！

「ロレアちゃんは、攻撃魔法の方を覚えたいとは思わなかったのかしら？　これまで店長さんに、教えて欲しいと言ったことはないのよね？」

そんなケイトさんの疑問に、だがロレアちゃんはあっさりと首を振った。

「覚えても私、使う機会がないです。それより村の人の役に立つ魔法の方が良いかと」

「大人っ!?　私なら絶対、攻撃魔法を選んでたよ！　ロレアちゃんの年齢なら」

「ええ？　そうですか？　サラサさん、私と同じ年齢の時、何してました？」

「学校で勉強に明け暮れていたけど――でもそれは、私が孤児だったから」

もし両親が健在なら、また違っていたと思う。

それに、町の間を行き来することが多かった両親の後を継ぐのなら、むしろ攻撃魔法の方が役に立ったと思うので、必ずしもそれが間違いとも言えない、よね？

――私の趣味も、多分に入っているけどねっ。

「アイリス、あなたはその頃、剣の修行にかまけてたわよね？」

「うぐっ！　いや、それは、私には店長殿のような師がいなかったわけで……」

「母も魔法は使えたんだけど……そんなあなたに付き合うために、私も魔法にはあまり時間が取れなかったし。――ねぇ、店長さん、その魔法を私が覚えることは？」

「ケイトさんもですか？　採集者なのに？」

「ずっと採集者を続けるわけじゃないし、手に職をつけた方が良いでしょ？」

「えっ？　アイリスさん、見捨てられちゃうんですか？　ケイトさんは採集者を辞めて、開墾魔法使いデビューですか？」

ロレアちゃんがアイリスさんとケイトさん、二人を見比べてそんなことを言えば、アイリスさんは眉間に皺を寄せて、少し不安そうにケイトさんに視線を向けた。

「むむっ、そうなのか？　ケイト？　そんなことないよな？」

「ないわよ。私がアイリスを見捨てるとか。何年の付き合いだと思ってるのよ」

「そうだよな。ケイトが私から離れることなど――」

「今のところは、まだ。アイリスに、不満がないわけじゃないし？」

ホッと安堵の息を吐いたアイリスさんだったが、付け加えられた言葉で焦ったような表情になり、ケイトさんに両手を伸ばした。

「ケ、ケイト、不満があるなら言ってくれ！　鋭意努力するから！」

「そう？　なら――」

にっこりと笑ったケイトさんが挙げていった不満点はいくつもあったが、それらは採集者の仕事とは関係がない、普段の生活に関することばかり。

まるで、夫に対する不満を口にする妻のような……？

二人の関係性が窺われる。

「ケイトさん、借金に関して不満はないんですか？　サラサさんに対して、まだかなりの借金が残ってますよね？」

少し不思議そうに尋ねたロレアちゃんに、ケイトさんは即座にキッパリと首を振った。

「それはないわ。今更不満を言うようなら、店長さんに治療を頼んでないもの」

「ケイト……」

色々と生活態度にダメ出しをされてヘコんでいたアイリスさんが、感動したような表情になって、ケイトさんを見つめる。

うん、これが飴と鞭というやつだね。

今後の参考にしよう。いつ、誰に使うのかは不明だけど。

「それに、採集者をする以上、怪我をすることはある程度覚悟してたからね。――ちょっと、予想以上だったけど」

「そうだな。私も家を出る時には、まさか死にかけるとは思ってなかったな。それなりに、腕に自信があったから」

「予想以上に危険な職業よね、採集者って。年を取れば体力も衰えるし。だからこそ、いつまでも続けられる仕事じゃないでしょ？」

「そうですね、特に女だと……。だから手に職を、ですか」

それに結婚を考えたら、二人の二〇前後という年齢は、やや行き遅れ気味。

この村の住人でその年齢なら、結婚していない人なんて、まずいない。

——あ、いや、そういえばエリンさんの旦那さん、見たことがない。

もしかして……？

でも、エリンさんってたぶんアラサーだし、直接は訊きにくい。

地雷を避けるためにも、今度ロレアちゃんに訊いておこう。

「ちなみに、ケイトさん。魔法に関する素質は？」

「アイリスよりはある、かな？　これでも私、ブラックエルフのハーフだから」

「……やっぱり、そうだったんですね」

「あ、店長さんは、気付いてた？」

「はい。少し肌の色が濃いですし、耳も長めに見えたので『もしかしたら』とは」

少し気になってはいても、面と向かって訊くのは憚られたので、これまではスルーしていたのだ。

王都では人間族以外も時々見かけたし、私も特に偏見はないが、ここのような小さな集落や田舎では、そうでないことも多い。それ故にあえて口に出さなかったんだけど、さら

りと告げるあたり、ケイトさん自身は気にしていないようだ。

「わ、私、異種族の方って、初めて見ました！」

そんな風に声を上げたロレアちゃんも、嫌悪感などは一切なく、むしろ珍しいものを見たとばかりに、ケイトさんの顔をマジマジと見つめている。

「半分だから、異種族と言うと少し微妙だけど……私、そっち方面の特徴が、あまり外見に出てないから」

髪をかき上げて見せてくれたその耳は、確かに人間族とは異なるものの、肌の色に関しては、個人差を逸脱していない程度の違いでしかない。それこそ毎日畑に出ているそこらの農家の人の方が黒いぐらいだし、言われなければ気付かないだろう。

「ケイトの外見は父親寄り、内面は母親寄りなんだ。あ、エルフなのは、母親だからな？どちらもなかなかに美形で、頼りになる人たちなんだ」

「自分の両親のことをそんな風に言われると、少し照れるわ」

何故か自慢げなアイリスさんと、言葉通り照れくさそうに、それでいて嬉しそうに頬を緩めるケイトさん。きっと、ケイトさんと両親との仲は良好なのだろう。

「しかし、ブラックエルフですか。弓の腕の良さも、それ故ですか」

一般的にエルフは弓と魔法が得意、という認識である。

そのことにブラックエルフも、ホワイトエルフも違いはない。

ちなみにその昔、ブラックエルフは〝ダークエルフ〟と呼ばれていたらしい。

だが彼らが『ちょっと肌の色が濃いぐらいでダークとか、ふざけんな？　白かったら、ライトっちゅーんか？　まるで、ええもん、わるもんみたいやないか、お？』と、言ったとか、言わないとか。

なので、現在の王国では肌の色にかかわらずエルフと呼ばれ、あえて区別するときには、ホワイトエルフ、ブラックエルフと呼ばれている。

他の国ではダークエルフと呼ばれることもあるし、必ずしもそれ自体にネガティブイメージがあるわけではないのだが、多種族融和政策をとるこの国では、公にダークエルフと言うと怒られるので、注意が必要である。

そんなこともあって、基本的には人間族以外だからといって、公に差別されることはないんだけど、この村はともかくとしても、田舎の村では種族以前に余所者というだけで差別されることもあるわけで。田舎では他種族を見かけないというのも、暮らしやすさの面から、ある意味では必然なんだよねぇ。

「弓だけじゃなく、魔法も少しは習ったんだけど……母って人に教えるのが致命的に下手なのよ、少なくとも、魔法に関しては。……他の人に習ったことはないけど」

「あぁ、なんか感覚的な教え方だったよな。私も弓を少し教えてもらったが、あれは合わないと無理だな」

アイリスさんはその時のことを思い出すように視線を上に向け、『納得』と頷いた。

「弓なら見て真似ることもできるけど、魔法はそうもいかないじゃない？　他に魔法を使える人もいなかったしね。『感じ取るのよ！』とか言われても……」

「それは無理ですねぇ。魔力を『感じ取る』必要があるのは間違いないですが……」

まぁ、『使えること』と『教えられること』は別だから。

特に魔法は、多分に感覚的なところがあるし。

そのへん錬金術師養成学校は、さすがはこの国の最高峰だけあって、とても体系的、且つ論理的に教育してくれた。

私の錬金術師としてのレベルを一段引き上げてくれたのは師匠だけど、土台を作ってくれたのは間違いなく学校の講師陣で……個人的に親しい人はあまり多くないけれど、全員に感謝していることは確かだ。

「解りました。では、ロレアちゃんと一緒にケイトさんにも魔法の授業をしましょう。必ず物になるとは保証できませんけど」

「それは当然よね。教えてもらえるだけでも凄く助かるわ。本来、錬金術師の家庭教師なんて雇ったら、一体いくら必要になることか……」

「あっ……気軽に頼んで良いことじゃなかったですよね。あの……私、お支払いした方が良いでしょうか？　頂いているお給料の半分ぐらいなら――」

不安そうな顔で、妙に現実的な額を言うロレアちゃんに、私は慌てて手を振る。

「いらない、いらない！　ちょっと教えるぐらいでお友達からお金は取れないよ！　気軽で良いんだよ、気軽で。その代わり『しっかり時間を取って』とはいかないけど」

確かに錬金術師を個人的な家庭教師として雇うなら、普通の人の稼ぎをすべて差し出しても足りないくらいだけど、私自身、まだまだ未熟。

本業である錬金術とは違うし、この程度でお金を取ったと知れたら、師匠に呆れられるか、それとも怒られるか……。

「もちろんそれで構いません。それこそ、食休みの時間にちょっと見てくれるだけでも」

「うん、逆にそれぐらいの方が良いかも？　魔力操作は地味な練習だし、あまり根を詰めても、良い結果には繋がらないから。ケイトさんもそれで良いですか？」

「ええ、タダで教えてもらうのに、文句は――私もタダで良いのよね？　店長さん、私たち、お友達よね？」

少し心配そうな表情で確認するケイトさんに、私はにっこりと笑って頷く。

「て、店長殿、私にも教授してもらえるだろうか？」

「えぇ、もちろん。アイリスさんもお友達ですから！」

ひゃっほい！　お友達、倍増だね！　お金だけの関係じゃ……ないよね？

◇　◇　◇

翌日、私を訪ねてきたエリンさんは、冒頭から深々と頭を下げた。

「サラサさん、まずは謝罪させてください。こちらで整えて提供すべき報酬でしたのに、お手数をおかけしまして、申し訳ありません」

「……あぁ、土起こしのことですか？　あれは私が自主的にやったことですから、気にされなくても。新婚夫婦へのお祝いも兼ねて」

「そう言って頂けるのはありがたいですが、アンドレさんたちにお約束通りお支払いしている以上、サラサさんの報酬も同様にしないといけません」

「律儀ですねー。本当に気にしなくて良いんですが……でも、原因は気になりますね。エリンさんが差配したにしては……」

村長さんがやったなら、『ほっほっほ、ちょっと遅れちゃったわい』とか言いそうだけど、エリンさんはそのへん、きっちりしているわけで。

そう思って尋ねてみれば、エリンさんは困ったようにため息をつく。

「それが、思ったよりも暇な村人が少なくて……予定通りに人手が集められなかったんです。誤算でした」

例年よりも村に滞在する採集者が増えている現在。

ディラルさんの宿屋兼食堂で働き始めた村人を筆頭に、仕事が増えている鍛冶屋のジズドさんや大工のゲベルクさんの手伝いをする村人など、今この村は空前の人手不足にあるらしい。

「なるほど、私も原因の一端を担っているわけですか」

「一端というか、すべてサラサさんのおかげですね。感謝しています。……もっとも、それでサラサさんにご迷惑をおかけしてしまったのですが」

「マイケルさんの事情も聞きましたし、すぐ隣で苦労しているのを見ると……私なら簡単に終わることですから」

「そうみたいですね。ちなみに報酬をお支払いすれば、畑を拡張するときにまたお願いすることはできますか？」

笑顔でそんなことを尋ねるエリンさんに、思わず私は苦笑を漏らす。謝罪は謝罪として、使えるものは使おうとするその姿勢、さすがは実質的な村長である。

「時間があれば引き受けても構いませんが、もしかするとそのときには、ロレアちゃんがこの魔法を使えるようになっているかもしれませんよ？」

ふふっ、と笑って言った私の言葉に、エリンさんが目を丸くする。

「ロレアちゃんが？　サラサさん、ロレアちゃんに魔法を教えているのですか？」

「使ってみたいと言うので。まだ初めたばかりですけどね」

「なるほど……ロレアちゃんなら、錬金術師のサラサさんよりは依頼しやすいですね」

「あ、ロレアちゃん相手でも、きちんとした報酬は払ってくださいね？」

エリンさんのことは信用しているけど、一応はね。

村人だからと扱き使われるようなことになったら、可哀想だから。

「当然です。有能な人材にはきちんと報いないと、村から出て行ってしまいますからね。

――もっとも、それもこれも薬草栽培が成功したら、なんですが。どうでしょう？」

「指導はしますが、成功するとは保証できません。私の知識は小規模に作るためのものですから、大きな畑で作る場合は、ある程度の試行錯誤が必要かと」

まず問題になるのは、どんな種類の薬草を育てるか。

ほとんど放置していても育つような物もあれば、毎日のように手を掛けなければ育たないような難しい物まで、薬草は多種多様。

当然ながら、前者のような薬草は森でも簡単に採取できるため、あまり利益が出ない。

逆に後者は、収穫さえできれば大きな利益が見込めるが、そんな薬草は種も苗も高く、失敗すれば大損害。数本程度の小さな畑ならば一本一本に手間と時間をかけられても、畑一つ分の面倒を見るとなると、かなり大変だろう。

ちなみに私が育てていたのは、手間のかかる方。

なかなか見つけられなかったり、採取後にすぐ処理が必要だったりして、持ち込まれることがほとんどなかったため、頑張って栽培に取り組んでいたのだ。

それをヘル・フレイム・グリズリーに滅茶苦茶にされたのだから、あの時は本気で涙がこぼれた。もし皮が素材にならない魔物だったら、怒りに任せて寸刻み、畑の肥料にしてやったところである。

「上手くいかないときは、価格の安い、作りやすい薬草だけになると思いますが、構いませんか？　その場合、薬草畑を増やす、というわけにはいかなくなると思いますが」

ただでさえ価値が低い薬草が大量に作られたら、それこそ本当に買い取る価値もなくなってしまうから。

「そこは専門家であるサラサさんにお任せします。ただし、マイケルの怠慢で失敗したとか、そういう場合は仰ってくださいね？　私がビシリッと言いますから」

「ははは、そうならないように頑張ります。——言葉だけじゃ済みそうにないですし」

笑顔のエリンさんが握りしめているその拳、新婚家庭で活躍してもらうのは、ちょっと可哀想だから。

畑の土起こしが終わったとはいえ、それが実際に〝畑〟として使えるようになるまでには、今しばらくの時間が必要だった。

その間、私はヘル・フレイム・グリズリーの襲撃からなんとか生き残っていた薬草を元に、株分けをしたり、挿し芽をしたり、師匠に頼んで種を取り寄せてもらったり。

更には、出かけていた間に溜まった仕事の処理も、当然行う。

そしてこれが地味に大変。

実は今回、私が店を空けるにあたり、ウチの倉庫には大型の素材用冷蔵庫が増設されていた。もちろん目的は、私がいない間に持ち込まれた素材の一時保管用。

出発の数日前から出かけることは告知していたので、ロレアちゃんが判断できない素材に関しては、買い取りを拒否することも、一時は考えていた。

でも、せっかく採ってきた物が無駄になるのは、採集者としても、そして私としても、なんとも勿体ない。だから、ある程度なら劣化が抑制できる冷蔵庫を作り、ノークレームを条件に常連さん限定で素材を預かることにしたんだよね。

ちなみに錬成具の中には、本当の意味で劣化を止められる保存庫も存在するんだけど、もちろん私に手が出るような代物ではなく、次善の策として用意したのが冷蔵庫。

幸い、素材となる氷牙コウモリの牙には余裕があったし？

ただ冷やすだけでも、暑くなってきたこの時季に常温で放置するよりはよっぽどマシで、帰ってきて確認した素材の状態は、思ったよりも悪くなかった。

だが、長期間の保存ができないことは間違いなく。

それらを全部処理して買い取り額を決定、次回来店時にきちんと支払えるよう、急ピッチで作業を進めたのだった。


「ということでロレアちゃん。これが買い取り額と支払い先のリスト、それとお金ね」

「了解しましたが……結構な額ですね？」

私がドスンと置いた革袋を持ち上げて、慎重にカウンターの下に隠すロレアちゃん。

彼女もここで働き始めて結構経つので、大金を扱うのにもだいぶ慣れたはずだが、こうして纏まった額になるとやはり緊張するのか、少し顔が強ばっている。

「およそ一週間分だからね。手持ちのお金がだいぶ減っちゃったから、工面しないと」

「そうなんですか？」

「うん。最近は、あまり売れない物をメインに作ってたから」

レベルアップのために。あと数個ほど作れば五巻に進めるんだけど、進んだところでいきなり大金が転がり込んでくるわけでもなし。

むしろ、作製に必要な素材を買うために、お金は出ていく方向。

それ故、レベルアップは後回しにして、今は売れそうな物を作るべきだろう。

「ちなみに、テントの方はどう？　何個か注文が入ってたよね？」

「はい、村のおばちゃんたちにも手伝ってもらって、作っていますが……思ったよりも時間がかかってます。革を縫うのに慣れていないのもあると思いますが、忙しい人が多いみたいで……私も頑張っているんですけど」

「あー、エリンさんも言ってた。人手不足だって。気にしなくて良いよ」

申し訳なさそうなロレアちゃんに、私は手を振って応える。待ってもらっている採集者にはわるいけど、専門の職人がいない村だからと諦めてもらおう。

師匠の所には革を接着できる錬成薬もあったから、あれがあればもっと速く作れるけど……少なくとも四巻までには載ってないので、地味に高レベルな代物だったらしい。

まぁ、単純に〝貼り付ける物〟というよりも、革同士を融合させるような物らしく、一見すると一枚の革にしか見えなくなるので、その製作難度の高さも当然かも？

「ですが、テントには追加注文も入ってますし……」

「……そうなの？」

「はい。既に販売した人からも噂が広がっているみたいで。特に最近、宿不足で野宿している人も増えていますから。ゲベルクお爺さんたちも、頑張って新しい借家を作ってるみたいですけど……」

「あぁ、この前の襲撃で壊れた家の補修とかで忙しかったもんねぇ」

「ディラルさんの宿もですよ？　サラサさんがお金を出した」

「だよね。急には増やせないか」

本職の大工がゲベルクさんだけという問題もあるが、建材が足りないということも要因の一つらしい。

もちろん、サウス・ストラグへ注文すれば入手できるんだけど、この村では普段ほとんど需要がない物なわけで。

必要以上に買い込んでしまえば、長期間不良在庫を抱（かか）えることになりかねず、用途（ようと）が確定する前に注文するのは難しいだろう。

家を建てることを決め、必要な材料を計算し、サウス・ストラグに注文し、届くのを待って建設。時間がかかるのも仕方がない。

「でも、そんなに人が増えているの？　私、そこまで実感がないんだけど？」

「サラサさん、最近はあまり村の方に行ってないですよね？　目に見えて増えてますよ。お店に来る人も、新顔の人が増えてますし」

「あー、そうなんだ？」

ロレアちゃんから少し呆（あき）れたような視線を向けられ、私は曖昧（あいまい）に笑う。

食料の買い出しはロレアちゃん任せ。

料理も作ってくれるので、ディラルさんの所に食べに行く必要もなく。

店番も同様で、新人が持ち込むような物であれば、ロレアちゃんでも判断できるようになったため、私が鑑定（かんてい）に出るまでもない。

このお店が村の中心にあれば人通りで判（わか）ったかもしれないけど、ここは村外れ。

人の増加を実感する機会がなかった、ってことかも？

「……たまには、村の方にも行ってみようかな？　あまり用事はないけど、挨拶（あいさつ）がてら」

さすがにお隣のエルズさんとは頻繁に顔を合わすけど、ディラルさんとはちょっとご無沙汰。えっと……宿屋の拡張関連でやり取りして以来？

当然、宿のお仕事で忙しいディラルさんがウチに来るはずもなく。

「その方が良いですよ。籠もってばかりじゃ身体に良くないですし……って、一応、外には出ているんですよね、サラサさんは」

「うん。剣の訓練は続けてるからね。もう少ししたら、薬草栽培の指導も始まるし」

やるべきことはたくさんあるため、目的もなく村の中を歩こうとか、そんな気分にはなかなかなれなかったり。

むしろ私みたいな若者が昼間から仕事もせずに散歩してたら、そちらの方が視線が痛い。真面目に農作業に励んでいる村の人からの。

「サラサさん、忙しいですし、仕方ないですか。小型冷蔵庫の注文も入ってますしね」

「え？　そうなの？　村の人から？」

まともに現金も持っていなかった村の人が、冷蔵庫を買えるほどの余裕ができたのなら嬉しいけど……。

「いえ、注文してきたのは採集者の方ですね。ディラルさんの所で冷たいお酒を飲んで、欲しくなったとか。最近、暑いですしね」

「そういえば、納入したね、あそこには」

追加料金を払えば、冷たいお酒を出してもらえるらしい。

それを試した採集者が『自分用に』と注文してきたのだとか。

暑いときに冷たい飲み物。たまらないよね。

私はお酒を飲まないけど、気持ちはよく解る。ただの水でも美味しいんだから。

「というか、きちんと書いておきましたよ？　まだ見てないんですか？」

「うっ。ちょっと忙しかったから……」

お店の売買記録などは、ロレアちゃんが普段からきちんと記録してくれている。

それを確認していれば、当然知っているはずのこと。

気まずさから、私は視線を逸らして咳払い。

「こほん。うん、そのへんは順次対応するね」

「はい、お願いします。まぁ、緊急性がある場合は、口頭でもきちんと伝えますから、あまり気にしなくてもいいですけど」

「ありがとう。本当、頼りになるね。ロレアちゃんを雇って良かったよ」

「そ、それほどでも……」

私が正直な気持ちを口にすれば、ロレアちゃんは少し照れくさそうに頬を染め、口元を押さえてちょっと横を向く。

けど実際、未成年とは思えないほどロレアちゃんはしっかりしているし、数字にも強く、学ぶ意欲も高いため、安心して店番を任せられるのだ。

そこまで期待はしていなかったのに、その能力は想像以上。

これも縁という物かな？

考えてみれば私の周囲の人たち、師匠を筆頭に、アイリスさんやケイトさん、村の人も含め、良い人が多い。

私の日頃の行いが良いから、なんて自惚れるつもりはないけど、こんな良縁、望んでもそうそう得られない物。今後も大事にしていきたいよね？

◇

「やっと、やっと、溶岩トカゲの処理ができるよ～」
ヘル・フレイム・グリズリーの調査から帰ってきて一週間あまり。
ロレアちゃんが買い取った素材の処理、フローティング・テントや冷蔵庫の注文、その他諸々のお仕事をなんとか片付け、昨日は薬草栽培の指導にも行ってきた。

もっともそちらに関しては、私の知っている知識を丁寧に教えただけで、そこまで手間はかかっていない。大規模に育てる〝農業〟としての知識は、むしろガットさんなんかに訊いた方が良いと思うしね。

私が気を付けたのは、失敗したときに備えて、育てやすく安価な薬草と、育てにくく高価な薬草、その割合を半々にしたことぐらいかな？

まったく収穫がなかったら、マイケルさん夫婦も困るだろうから。

「溶岩トカゲも冷蔵庫には入れておいたけど、さすがにそろそろ限界だったよね。村のおばさんたちがいなかったら、危なかった！」

今回、地味に活躍してくれたのが村のおばさんたちとロレアちゃん。

一番面倒で時間のかかるテント作り、その縫製部分を全部受け持ってくれたんだから。

当然、それに見合ったお給料は払っているし、その分利益は減ったけど、『村の人たちにお仕事を』という私の目的にも合致して、トータルとしてはきちんと利益も確保できているので問題ナッシング。

素材の代金を払って減っていた現金も、錬成具の売却代金である程度回復した。

難点は、その現金が村の内で回っているだけで、外からは入ってきていないことかな？

それを解消するためには、外に売れる物を作るしかない。

「そのためにも、溶岩トカゲを売り物にしないとね」

冷蔵庫で保管しておいた溶岩トカゲの皮は、都合四匹分。

私という錬金術師が現場にいたこと、そしてケイトさんの弓の腕が見事だったことから、状態はかなり良い。普通の採集者がこれだけの品を持ち込むのは難しいので、上手く仕上げれば、かなりの値段で売れるはず。

頑張って、良い物を作らないと！

「溶岩トカゲだと、やっぱり耐火・耐熱だよね」

このままでも熱湯や高温水蒸気ぐらいには耐えられるが、きちんと加工すれば、その名に相応しく、溶岩とも喧嘩できるレベルに効果が高まる。

「そのためには、火系統の素材がだいぶ必要にはなるけど……仕方ないよね」

手持ちで比較的潤沢なのは、火炎石ぐらい。

でも、溶岩トカゲの加工に必要なのは、それじゃないのだ。

この周辺では採れない素材なので持ち込まれることもなく、手に入れるには師匠、もしくはレオノーラさんの所から仕入れるしかない。

「ちょっと増えた現金がまた減るよ～。ま、これの加工に成功すれば、十分に元は取れるんだけど」

失敗したら……？　うん、ピーピー言うことになるね。

錬金術大全の四巻を終わらせるため、素材を買い込んだ後だから。

下手したら、出稼ぎものかもしれない。大樹海の奥のへんに。

「でも大丈夫、私は失敗しない！　……と、思うけど、一匹ずつやろう」

四匹分、同時に処理すれば手間は一回で済むし、素材も節約できる。

でも、失敗した場合の損失は四倍。

一匹ずつ処理すれば、失敗して失われるのは一匹分。

現在の懐事情で四匹すべて失えば、採集者からの買い取りにも本気で支障が出る。

なので今回は、手間とお金を節約するよりも、時間をかけて確実性を取る。

「溶岩トカゲの皮は綺麗に洗って、錬金釜にポイ。タルブーの根を一本に、アッシュブランダの粉を一匙。ペールジーの抽出液を三滴ほど加えて……」

錬金術の素材は粉の一摘み、液体の一滴で銀貨や金貨が飛ぶような物もある。

当然、僅かも無駄にはできない。

私は間違ってもこぼしたりしないよう、慎重に作業を進めた。

Episode 4
The Unexpected Visitor

不意の訪問者

「そう言えば店長殿、ケイトとロレアの魔法の方はどんな感じだ？」

　ある日の朝食の席、アイリスさんがふと思い出したように、そして期待したように、そんなことを訊いてきた。でも、申し訳ないけど――。

「そんなすぐに結果は出ませんよ～。簡単に使えるようになったら、世の中、もっと魔法使いがいますって」

「ふむ。そんなものか」

　アイリスさんがこくりと頷き、ケイトさんとロレアちゃんも苦笑する。

「そうよね。一応、手応えはあるんだけど……ねぇ、ロレアちゃん？」

「はい。なんとなくって感じですけど」

「むしろ、アイリスはどうなの？　順調？」

「私か？　私はそこそこだと思うのだが……店長殿、どうだろうか？」

　当初こそ、ロレアちゃんたちと共に魔法の練習をしていたアイリスさんであったが、魔力自体はあるものの、それを放出する才能があまりないことが判明。

　早々に方針転換して、魔力を放出しなくても使える身体強化の方へ舵を切っている。

　元々身体を動かすのが得意なためか、こちらに関しては才能を見せているアイリスさんではあるが、練習を始めてあまり日数も経っていない。

ちょっぴりドヤ顔のアイリスさんだけど、総じて言うなら……。

「もうちょっと頑張りましょう？」

「えうっ⁉　そ、そうなのか？　ダメなのか？」

「ダメじゃないですけど、まだ実用レベルとは……。思い通りには発動できてないですし、上手く発動できたときには、すぐに魔力を使い果たしちゃうじゃないですか」

模擬戦をやっていると、唐突に動きが速くなったり、いきなり倒れたり。

付き合っている私としては対応が難しく、怪我をさせそうで結構怖い。

アイリスさんの魔力の動きをしっかりと見ていれば、なんとかそのタイミングが判るんだけど、おかげで私、魔力を見る技術がアップしたような気すらする。

「間違っても実戦で使っちゃダメですからね？　下手すると大怪我ですよ？」

「そ、それは私も解っている。店長殿が相手でなければ、模擬戦ですら怪我をしていただろうからな、うん。それよりも、二人の進捗状況だ！」

ちょっと不利な立場になったことを自覚したのか、慌てたように話を戻したアイリスさんに苦笑しつつ、私は少し考える。

「そうですね、二人とも魔力は感じ取れていますし、動かすこともできています。後は魔力の精密な操作と発動ですが、これにはもうしばらくかかるかと」

魔法に触れたことのない人が最初に躓くのは、『魔力を感じ取る』ということ。

目に見えない物を認識しないといけないので結構難しいんだけど、これに関してはアイリスさんも含め、三人とも簡単にクリアした。

おそらく元々の素質に加えて、ウチに溢れる錬成具に日常的に触れていることと、刻印によって常に魔力が流れている家の中にいることも、影響しているんじゃないかな？

「なるほど。ケイトは攻撃魔法を覚えるつもりはないのか？」

「ええ……？　さすがに両方同時には……難しいわよね、店長さん？」

「何を以て難しいと言うかですが、今練習している魔法が使えるようになれば、攻撃魔法も使えるようになると思いますよ？　攻撃魔法は素質が影響しますけど、ケイトさんは、そしてロレアちゃんも、それに関しては問題ないでしょうから」

錬金術の場合、重視されるのは魔力の操作技術だが、攻撃魔法は魔力の量が重要で、訓練で上達が望める前者に対し、後者の方は生まれ持っての素質でほぼ決まる。

もちろん、魔力操作が上達すれば効率良く攻撃魔法を使えるようになるけれど、魔力が多い方が有利なのは間違いないわけで。

逆に魔力量さえ多ければ、多少技術が劣っていても力押しでなんとかなるため、錬金術師ではなく魔法使いを選ぶ人には、案外そういう人が多かったりする。

「二人の魔力量は十分ですし、攻撃魔法の方が覚えやすいと思いますが……そちらの訓練に軸足を移しますか？」

私がそう尋ねると、ケイトさんは少し考えただけで、すぐに首を振った。

「……いいえ。当初の予定通りでお願い。目的が違うのだから」

「引退後に使える技術でしたもんね。ロレアちゃんは？」

「私も同じです。以前言った通り、私が攻撃魔法を使う機会はほぼないと思いますし、色々同時にできるほど器用じゃないですから」

「うん、私もそっちが良いと思う。……ロレアちゃんは十分に器用だと思うけど」

危険なことはして欲しくないから攻撃魔法を薦めるつもりはないけど、料理は上手いし、錬金術師のお店での店番という、色々と面倒なお仕事もしっかりと熟しているわけで。

ロレアちゃんが器用じゃないのなら、誰が器用なのかと。

「ちなみに店長殿、私は……？」

「あ、アイリスさんは無理です」

少し期待したような瞳で私を見るアイリスさんだけど、私があっさりと現実を突きつけると、ガクリと項垂れた。

「あう……」

「だって、放出系に向いていないんですもん。もっと上手く教えられる人なら、別かもしれませんが、私にそんな指導能力は……」

「店長さんの教え方は上手いと思うわよ？　少なくとも、母よりはずっと」

「はい！　私も凄く解りやすいと思います！」

「そうかな？　学校で教えてもらったことを、そのまま教えているだけなんだけど」

「その学校って、この国の最高峰だよな？　つまり、私には無理ということでは……」

「……………」

それは否定できない。

錬金術師養成学校の講師陣は、ある意味、この国最高の指導者とも言えるのだから。

「で、でも、アイリスさんには身体強化の才能が――」

カラン、カラン。

私がアイリスさんをフォローしようと口を開いたその時、それを遮るかのように、店舗の方から呼び鈴の音が響いてきた。

「あれ？　お客さんでしょうか……？」

ロレアちゃんが店番をしてくれるようになって、久しく聞いていなかったその音に、私たちは顔を見合わせて首を傾げる。

「珍しいわね。開店前に人が来るなんて」

「そうですね？　新しく来た人、かな？」

お店を開ける時間、閉める時間は決まっているので、村の人はもちろん、採集者の人たちも、営業時間外に店に来ることはまずない。

新しく来た採集者なら、営業時間を知らないってことは考えられるけど、閉まっているのにあえて呼び鈴を押して呼び出すなんて――。

「店長殿、もしかすると、急患とか、そういうことじゃないのか？」

「あっ！　それはあり得ます！」

アイリスさんの事例を思い出し、私は慌てて立ち上がるが、ケイトさんがそれを否定するように首を振った。

「それは違うんじゃないかしら？　急患ならもっと慌てて、店長さんの名前を呼ぶでしょ。名前を知らない人なんて、この村にいないんだから」

「それもそうだな。……それも、行ってみれば判ることか。店長殿、私も行こう」

「じゃあ、私も」

「お手伝いできること、あるかもしれませんし」

急患じゃなくても、呼ばれているのは間違いないわけで。

私がお店の方に向かうと、その後ろをぞろぞろと全員がついてきた。

急患なら人手があった方が助かるけど、ただのお客さんだったら……ま、いっか。

カラン、カラン。

「はい、はーい」

催促するように鳴る呼び鈴の音に私は足を速め、扉を開く。

「どちら様……ですか？」

そこに立っていたのは、壮年をやや過ぎたぐらいの渋い男性と、艶やかさを感じさせる年若いブラックエルフの女性。村の人ではないし、採集者にはちょっと見えない。

まれに商人が来店することもあるけど、そんな風にも見えないし……。

——いや、本当にどちら様？

私が不思議そうに見上げれば、男性は一歩足を引き、軽く会釈をして口を開いた。

「失礼。ここは、サラサ殿のお店で間違いないだろうか？」

「サラサは私、ですけど？」

「あなたが……？」

二人とも少し驚いたように目を瞠り、私をまじまじと見る。

「そうですけど……」

誰か人が訪ねてくる予定なんて、なかったよね？

と思ったその時、追いついてきたアイリスさんたちが扉の外を見て声を上げた。

「お父様!?」

「ママ！」

「「……はい？」」

予想外の言葉を聞き、私とロレアちゃんの声がハモる。

えっと、お父さんとお母さん？

いや、正確には、男性の方がアイリスさんのお父さんで、女性の方がケイトさんのお母さんか。夫婦……ではないよね。二人は姉妹じゃないし。

というか、ケイトさんのお母さん、若い！

さすがエルフ。ケイトさんと並べば、姉妹にしか見えないよ!?

「おぉ、アイリス、ケイト。やはりここで間違いなかったか」

「なんでここに、お父様たちが？」

ほっとしたように応えた男性に対し、アイリスさんたちはやや困惑気味。

彼女たちも、訪ねてくることは聞いていなかったのだろう。

アイリスさんなら『うっかり忘れてた！』なんてこともありそうだけど、ケイトさんが私に伝え忘れるなんて、たぶんないだろうし。

「もちろん、用事があるからに決まっているだろう」

「それはそうでしょうが……。あー、店長殿、申し訳ないのだが、お父様たちを中に入れても良いだろうか？」

二人の出身地は聞いていないけど、おそらくは遠くから訪ねてきたと思われる。

アイリスさんも立ち話では終わらないと思ったのか、こちらを見て申し訳なさそうにそう尋ねるので、私は当然と頷いた。

「あ、はい。気付きませんで。狭いところではありますが」

「かたじけない」

「お邪魔しますね」

お二人を招き入れ、家の奥へ。

応接間なんて洒落た物はこの家に存在しないので、案内できるのは台所兼食堂。

先ほどまで朝食を摂っていた場所である。

なんだか最近、お客さんが来ることが増えた気がするので、本気で応接間の増築を検討すべきかもしれない。

アイリスさんたちが同居するようになって六人掛けのテーブルと椅子を新調したので、お客さんが二人来ても、一応、座ることはできるんだけど――。

「むむっ。食事時にお邪魔してしまったか。申し訳ない」

こういうときにちょっと困る。

「いいえ、ちょうど食べ終わったところでしたので」

お茶を飲みながら食休みをしていたので、これは本当。

手早くテーブルの上を片付けて、お二人に席を勧める。

「きちんとした部屋もなくて申し訳ないのですが……どうぞ、お掛けください」

「いやいや、突然押しかけたこちらが悪いのだ。気になさるな」

「はい、こちらこそ申し訳ありません」

恐縮したように腰を下ろしたお二人に、そつがないロレアちゃんがお茶をお出しすると、軽く一礼。私に『開店準備をしておきますね』と囁いて、部屋から退出した。

そして残った私たち三人が椅子に座ると、アイリスさんのお父さんが口を開いた。

「改めて挨拶させてもらおう。儂はアデルバート・ロッツェ。そこにいるアイリスの父親だ」

「私はカテリーナ・スターヴェン。ケイトちゃんの母親で、ロッツェ家に仕えています」

アデルバート様の方は、口髭を生やした少し渋いおじさん。

雰囲気から年嵩に見えたけど、よく見るとそんなでもなく、たぶん四〇前後かな？

一見するとケイトさんの姉にしか見えないカテリーナさんも、そこはエルフ。

母親という情報を考慮すれば、最低でも三五は越えているよね？

確かケイトさんは、二一って言ってたから。

ちなみに、言われなければ判断のつきにくいケイトさんとは違い、純粋なエルフらしいカテリーナさんは、耳と肌の色にしっかりとその特徴が出ている。

「あ、はい。私は錬金術師のサラサです。この店の店長です」

「サラサ殿には娘たちがお世話になっていると聞いている。礼を言う」

「ありがとうございます」

「い、いえいえ、大したことでは……」

姿勢を正し、軽く会釈をする二人に対し、私も慌てて頭を下げた。

というか、アイリスさんって、貴族だったんだね。

そうじゃないかな～、とは思ってたけど。

そんな思いを込めて、アイリスさんにチラリと視線を向けると、彼女は少し焦ったように、わたわたと手を動かす。

「あ、いや、隠していたわけじゃないんだぞ？　うん、あんまり身構えて欲しくなくて、だな！」

「いえ、何も言ってませんけど？」

そもそも私、貴族だからといって身構えたりしないし。

昔ならいざ知らず、師匠のお店で働いていると、お尻を蹴っ飛ばされて店から追い出される〝貴族〟というモノを頻繁に見ることになるから。

ホント、師匠って怖い物知らずだよね。さすがマスタークラスは伊達じゃない。

「そもそもだな、貴族と言っても、小さい村を二つばかし持っているだけの騎士爵、木っ端貴族なんだ！　端くれだな、うん！」

言葉少なな私に慌てているにしても、言い方が酷い！

事実なのかもしれないけど、アデルバート様も渋面になってるし。

「おい、アイリス？　儂もそのことは否定しないが、もう少し言い方をだな……」

「あっ。お、お父様、これは決して、悪い意味では！　その、店長殿にあんまり気にしてもらいたくなくて、あの……」

今度はアデルバート様に対して言い訳を始めるアイリスさん。

木っ端呼ばわりして『悪い意味じゃない』もないと思うんだけど、アデルバート様は苦笑して軽く首を振った。

「あぁ、解っている。公の場で言わなければ問題ない。他の貴族の手前もあるしな」

それはそうだよね。

謙遜して言っているのだとしても、他の騎士爵の貴族も木っ端貴族呼ばわりするに等しいわけだから。

アイリスさんもそのことに気付いたのか、しゅんとして背を丸める。

「す、すみません。気を付けます」

「うむ。そうしてくれ」

そんなアイリスさんを苦笑して見ていたケイトさんだったが、すぐに表情を改め、鷹揚に頷いているアデルバート様に向き直って問いかける。

「アデルバート様、この度は一体？　来られるとは伺っていませんでしたが……？」

「あぁ、それはだな……」

アデルバート様は少し言いづらそうに、隣に座るカテリーナさんと顔を見合わせると、軽く息を吐いてからおもむろに口を開いた。

「アイリス。今日はお前を連れ戻しに来た」

その言葉に対する反応は、対照的だった。

「連れ戻しに……？　え？　どういうことですか？」

困惑を顔に浮かべ、戸惑うアイリスさんに対し、ケイトさんの反応は激しく、半ば椅子を蹴るように立ち上がると、バンッとテーブルに手をついて声を上げた。

「そうです！　それは散々話し合ったことで――!!」

「落ち着きなさい、ケイトちゃん」

「でも、ママ！」

食ってかかるケイトさんを宥めるように、カテリーナさんはその肩に手を置き、穏やかな声で話す。

「アデルバート様の前ですよ？」

「うっ……、す、すみません」

その指摘に言葉を詰まらせたケイトさんは、アデルバート様に視線を向けると、軽く頭を下げて椅子に座り直した。

「いや、ケイトの反応は当然だ。だが、状況が変わったのだ」

そう言うアデルバート様の顔には苦渋がにじみ、カテリーナさんも似たような表情を浮かべていることから、お二人にとってもこれは不本意な状況なのかもしれない。

「あの、私は席を外しましょうか？　ご家族のお話みたいですし……」

かなりプライベートな内容に、私が腰を上げかけると、それを制するようにアイリスさんが手を上げた。

「いや、店長殿、ここにいてくれ。もし私が家に戻るとなると、お借りしているお金のことも相談しなければならない」

「それは……そうですね」

アイリスさんたちのことは信用しているけど、このまま送り出して、『いつでも良いからお金送ってね！』というのは、さすがに難しい。

残っている貸し金は、私からしても決して安い金額ではないのだから。

「それでお父様。一体どういうことなのです？　私とケイトが外に出てお金を稼ぎ、そのお金で借金を返していく、そういう話だったじゃありませんか」

なるほど。アイリスさんとケイトさん、若い女性二人だけで採集者をしているのには、そんな理由が。

「……ん？　あれ？　ちょっと待ってください。もしかしてアイリスさん、私以外にも借金があるんですか？」

「うっ！　じ、実はそうなのだ。すまないっ！」

「正確にはアイリスじゃなくて、『アイリスの家が』だけど」

気まずげに言葉を詰まらせるアイリスさんに、ケイトさんが注釈を入れる。

それに伴い、私がアデルバート様に視線を向けると、彼もまた渋面を作って頷く。

「そうなのだ。情けないことだが」

「でもあれは、飢饉で仕方なく――っ！」

「言うな。備えができていない時点で、領主として力不足なのだ」

庇うように勢い込んで言ったアイリスさんを遮り、アデルバート様は首を振る。

――でも、そっか。飢饉か。

飢饉のときの対応は、領主によってかなり異なる。

たとえ領民が飢えようとも、容赦なくいつも通りに税を徴収する領主。

税を軽減して、領民の負担を減らす領主。

そして、食糧を買い込み、支援を行う領主。

話を聞くに、アデルバート様の所では支援が行われたのだろう。

いくら身代の小さな騎士爵といえど、まさか自分たちが食うに困って借金をした、なんてことはないと思うし、アイリスさんたちの人柄からしても、普段から贅沢をしていてお金がなかったなんてこともないだろう。

「それで、アイリスさんたちが採集者になって、少しでも返済を、と？」

「そういうことなのだ。まだまだ未熟だが、多少は足しになったらと思ってな」

「あのままだと、一向に減りそうになかったですからね」

「貴族だと……そうでしょうね」

貴族の主な収入は、国から支給される年金と領地から入る税収の二つ。

年金の方は爵位によって決まっていて、ほぼ変動はない。

役職などに就ければ加算されることもあるが、騎士爵、それも領地貴族ではそんな機会はほとんど巡って来ない。

税収の方は領地が発展すればしただけ多くなるけど……村二つだけの領地、そんな簡単に発展なんてできるはずもなく。借金の額が大きいと利息も増えるし、厳しいよね。

領地経営の傍ら、副業で稼ぐ貴族もいるが、余程の才覚がなければ成功なんてしない。

むしろ、失敗して借金を増やす。

それからすれば、アイリスさんたちによる出稼ぎは、まだ堅実な部類だろう。

「ちなみに、借りているお金、いくらぐらいか訊いても良いですか？」

「店長殿は、私にお金を貸している立場、訊く権利はあるだろうな。およそ、六五〇〇万レアだ。――ですよね、お父様」

「あぁ。お前たちのおかげで、僅かに切ったとは思うが、六四〇〇万にはまだまだ届いていないな」

うむ、と深く頷くアデルバート様だけど――。

「えっと、多く、ないですか？　村二つなんですよね？」

一般的な家族六人程度の平民が節約すれば、一〇万レアで一年間生活できる。

飢饉とはいえ、まさか丸抱えなんてしないだろうから、実際には一〇万レアも必要ないだろうけど、それで計算しても六五〇世帯。

利息で増えたと考えても、村二つだけの領地にしては、ちょっと借金が多すぎる。

「それが、当家が支援していると聞いて、少なくない難民が流れ込んできてな……。その対応にも金が必要になったのだ」

「なるほど、難民ですか……」

アデルバート様の領地が飢饉ということは、その統治に余程の問題でもない限り、周囲の領地でも同様なわけで。

もし苛政を敷いている領地に接していたら、手厚い保護をしてくれるアデルバート様の領地に難民が流れてくるのも当然だよね。

それに対応するなら、食糧に加えて住む場所などの支援も必要となる。

「あとは利息ですね。借りてしばらくの間はまったく返済ができませんでしたから、今残っている借金の額は、借りた額よりもかなり大きいんです」

「これがなかなか重くてな……」

カテリーナさんが付け加え、アデルバート様はその言葉通り、重いため息をつく。

問題となったのはやはり難民のようで、天候が回復すれば元通りに生きていける領民に対し、難民には生活基盤が存在しない。

その対応にも継続的に資金が必要で、借金の返済は完全に滞ることになる。

結果、利息によって借金は増える一方。

数年後、やっと落ち着いて返済を始めたが、膨れ上がった借金は利息だけでもかなりの額で、税収で返済を続けても、それだけではなかなか元本が減らない状態らしい。

「アイリスたちの頑張りで、最近は少し減り始めていたんだが……」

「それも、私が怪我をして以降は……」

「店長さんへの返済が先だったから」

担保も契約書もなく貸している私に返すのが優先と、最近は実家への仕送りが、ほぼゼロになっていたようだ。

「律儀ですね。私の方は利息もないですし、普通なら、むしろこちらを後回しにしそうですけど……」

「そんなわけにはいかない！　恩には必ず報いるのが我が家の家訓！　店長殿を優先するのは当然のことだ！　――ですよね、お父様？」

「うむ。もちろんだとも」

アイリスさんが力強く宣言し、確認するようにアデルバート様を見れば、アデルバート様はどこか誇らしげに、大きく首肯した。

だがその表情も、次のケイトさんの言葉ですぐに渋面に戻ってしまう。

「では何故、家に戻れと？　店長さんへの返済はまだ終わっていないのですが」

「……状況が変わったのだ」

「借金の一括返済を求められたのです」

「そんな――っ！」

カテリーナさんの言葉に、アイリスさんとケイトさんが絶句する。

「貴族のアデルバート様相手に、となると、借金相手も貴族ですか？」

「そうだ。この辺り――サウス・ストラグの町やこの村などを治めているヨクオ・カーク準男爵より借り入れている」

「当家はカーク準男爵領と接しているのだ。非常に小さな領なのだがな」

私の疑問に、アデルバート様は頷き、アイリスさんも補足を入れる。

でも、そっか。

アイリスさんとケイトさん、この村の領主に対してどこか隔意があると思ったら、そんな繋がりが……。

いや、この村へのこれまでの対応を見るに、私自身、隔意を持たれるに十分に値する人物だとは思ってるけど。

支援しないどころか、更に払え、みたいな感じだし。

「私たちの足下を見て、高い利息をふっかけたのだ、あのカーク準男爵は。それなのに、今度は一括で返せ、などとっ！」

憤懣やるかたないと声を荒らげるアイリスさんだが、アデルバート様の方は、低く唸るように声を漏らし、首を振る。

「返済期限は過ぎているのだ、文句は言えん。儂も他のところから工面できないかと、手を尽くしたのだが、我が領の規模で、これだけの大金は……」

村二つだけしか持たない騎士爵相手に、六千万レア以上ものお金を貸す人はいない。

そういうことなのだろう。

「一カ所だけ、貸しても良いという相手はいたのですが……」

言葉を濁したカテリーナさんの表情を見て、アイリスさんが納得したような、そしてどこか諦めたような顔でため息をついた。

「この状況で帰って来いと言うのですから、お金を貸す条件が私との婚姻なのですね？」

アイリスさんのその言葉に、アデルバート様とカテリーナさんが静かに頷く。

「そんなっ！　奥様は、奥様はなんと仰っているのですか！」

「反対されています。『娘をお金で売るようなことはできない』と。私ももちろん反対なのですが……」

「我々は貴族なのだ。第一に考えるべきは領民のこと。必要であれば、私情を捨てねばならん」

アデルバート様が厳しい表情で言った言葉に、アイリスさんは目を伏せて頷く。

「そうですね。ある程度の覚悟はありましたが……仕方のないことなのでしょうね」

「アイリス！　良いの、本当に、それで！」

「貴族の娘なのだ。意に沿わぬ婚姻など、よくある話だろう。むしろ私の年齢を考えると遅いぐらいだ。求められるのであれば、ありがたいぐらいだろう？」

襟首を摑むように迫るケイトさんに、そう言って微笑むアイリスさんだけど、その表情はどこか痛々しい。

「でも――っ!!」

「良いのだ、ケイト。領民のために必要であれば行動する。それが貴族だろう？　ですが、お父様。店長殿への借金がまだ返済できていないのですが……」

「そう、そうよ！　アデルバート様、まさか恩を返さないなんてこと、貴族の矜持としてあり得ませんよね？」

「うむ、その話は聞いている。家中から集めてきた。これだけあれば、返済して多少の礼をするに足りるだろう」

そう言ってアデルバート様は、懐から取り出した小袋をテーブルの上に置く。

ケイトさんはそれを半ば奪うようにして手に取り、逆さまにして中の硬貨をテーブルの上に広げる。そして、その枚数を手早く数えると、少し口角を上げて口を開いた。

「アデルバート様、全然、足りません。半分にも満たないです」

「なにっ⁉　そんな馬鹿な！　治療費という話だっただろう。それで足りないなど……まさかっ！」

ちょっと口を挟みづらい話題故、一歩引いて聞いていた私に対し、アデルバート様の鋭く圧迫感すらある視線が突き刺さる。

「えぅ⁉　え、えっと……」

「違うのです、お父様！　すべて私の責任なのです！　ですから、店長殿にそのような目を向けないでください」

戸惑う私を庇うように、アイリスさんが椅子から立ち上がり、アデルバート様の視線を遮る。

「アイリス……だが、治療費としてはいくらなんでも……」

アデルバート様は少し面食らったかのように言葉を漏らすが、アイリスさんはゆっくりと首を振った。

「間違いなく、適正な治療費なのです。いえ、むしろ安すぎるぐらいで……」

「どういうことだ？　説明しろ」

眉を顰めるアデルバート様の言葉を受け、アイリスさんは少し躊躇った後、諦めたように口を開く。

「実は採集作業中のミスで、私は死にかかったのです。片腕がちぎれてしまうほどの大怪我を負い、毒に冒されて……」

「なんだと！　聞いていないぞ!?」

「――っ！」

アデルバート様が大きな声を上げ、カテリーナさんも顔を青くして、息を呑む。

アイリスさんはそれを予想していたかのように軽く息を吐くと、言葉を続ける。

「お手紙を差し上げた時には回復していましたので、無用な心配をかける必要はないかと、詳細は省いたのです」

「むむっ……だが、今アイリスの腕は普通に動いているようだが？」

「はい、それも店長殿のおかげです。店長殿がこの村にいなければ、私の命はなかったでしょうし、仮に助かったとしても、私の片腕は失われていたでしょう」

「それは私も保証します。命だけはなんとか、と思っていましたが、腕の方は……見るからに酷い状況で、ほとんど諦めていましたから」

ケイトさんが補足するように、あの時の詳しい状況を説明する。

直接の原因が未熟な採集者にあるとの件では、アデルバート様、カテリーナさん揃ってかなり厳しい表情になったが、最終的に問題なく回復したところまで話が進むと、ほっとしたように息を吐いた。

「そんな私を、店長殿は救ってくれたのです。初めて会った私に対し、ケイトの口約束だけで、とんでもなく高価な錬成薬を使ってくれて」

「そうだったのか……。確かにその状況ではそれぐらいの治療費は当然、いや、今何の違和感もなく繋がっていることを思えば、むしろ安いぐらいだな」

普通に動いているアイリスさんの腕に手を触れ、アデルバート様は安堵と感心が混ざったような表情で言葉を漏らす。

そして、改めて私に向き直ると謝罪を口にした。

「サラサ殿、大変申し訳なかった。とても失礼なことをしてしまった」

「い、いいえ、治療費として高いと思われるのは当然ですから」

平民なら一生かかっても稼げないような金額。

詳しいことを知らないで、『治療費です』と言われたら、『騙されているのでは』と疑うのも仕方のないことだと思う。

「そう言って頂けると助かる。そして改めて、娘の命を救って頂き、誠にかたじけない」

「それはケイトさんのおかげでもありますね。あの時、ケイトさんが躊躇いなく同意したからこそ、高価な錬成薬を使えたので」

「そうか。ケイト、助かった」

「いえ、私は当然のことをしたまでです」

などと言いながらも、少し誇らしげに口角を上げるケイトさん。

そんなケイトさんを見て、母親であるカテリーナさんも微笑んで頷いている。

「だが困ったな。十分に足りると思ったのだが……借金を抱えている当家では、さすがにこれ以上の金を集めるのは難しい」

アイリスさんが結婚することで、大きい方の借金を返す目処が付いたため、無理してかき集めてきたのが今回持ってきたお金なんだとか。

まさか全額必要になる——どころか不足するなんて思ってもいなかったようで、これをすべて使ってしまうだけでも、今後の領地運営が厳しい状況。

これ以上、更に集めるなどということは、どうやっても無理らしい。

「なら、やはり——」

どこか嬉しさを隠しきれないように言いかけたケイトさんの言葉を遮るように、アデルバート様は真面目な表情で私を見て、口を開いた。

「サラサ殿、大変申し訳ない上に、とても厚かましい願いなのだが、しばらく返済を待って頂くことは可能だろうか？　もちろん証文は書くし、利息もお支払いする」

「えっと……」

私としては、返済されるなら待つことは構わないんだけど……ケイトさん、お願いだから、そんな祈るような顔を見せないで！

騎士爵とはいえ、相手は普通の——いや、話を聞く限り、かなり高潔な貴族。

無礼ならば貴族でも気にせず蹴っ飛ばす師匠とは違って、私は常識的な答えしか返せないんだから！

「きちんと証文として起こして頂けるのであれば、私としては……はい」

「そうか、ありがたい」

「………」

だからケイトさん、『裏切られた！』みたいに見られても困るよ。

私が貴族であるアデルバート様相手に、『即刻、現金で返せ』とか、『返せないならアイリスさんは貰っていく！』とか、『借金が返せるまで、アイリスさんとケイトさんはここでタダ働きじゃぁ～！』とか、言えるわけないじゃない。

「……アデルバート様、本当によろしいのですか？」

私の表情を見て、これは無理と悟ったらしいケイトさん、今度はアデルバート様に向き直り、説得を試みる。

「いくら領民のためとはいえ、アイリスはロッツェ家の嫡子。その申し出を受け入れるならば、商人に家督を奪われるようなものかと」

しかし、アイリスさんを呼び戻すため、ここに来ている以上、家中で色々な検討はしただろうし、決意は固いのだろう。

ケイトさんの言葉にもアデルバート様は渋い表情のまま、やや疲れたように首を振る。

「もちろん儂としても、あまり喜ばしいことではない。だが、当家のような弱小貴族、しかも大きな借金を抱えている状況にもかかわらず、金を出しても良いというのだ。そう悪い人物でもあるまい」

自らに言い聞かせるような力ない声に、アイリスさんの方も寂しげに笑う。

「そうかもしれませんね。お金があるのなら、今後、以前のような飢饉が発生しても借金の必要がなくなるかもしれませんし」

「アイリス……」

そんなアイリスさんを見て、ケイトさんは自分の方が泣きそうな顔で言葉を漏らす。

い、居たたまれない！

貴族だから、そんな結婚も仕方ないのかな、と思わなくもないけど、それが親しい相手となると……。

――えっと、私、中座しちゃマズいですかね？

「それでお父様。相手はなんという方なのですか？」

「うむ。最近、急逝した父親の後を継いだ青年でな。サウス・ストラグの町で、大きな商会を切り盛りしている。儂も会ったが、なかなかの好青年だったぞ？　名をホウ・バールと言う」

「……おや？」

図らずも声が漏れる。

なんだか、どこかで聞いたことがあるようなお名前、ですよ……？

「あの！　お話の最中ですが、少々、お待ち頂いてもよろしいですか？」

手を上げて話を遮った私に、全員から訝しげな視線が浴びせられる。

「あ、あぁ。儂たちはかまわない。どうせ日帰りなどできないのだ。十分に時間はある」

「ありがとうございます。では、少し失礼して……」

戸惑った様子を見せるアデルバート様に、私は一礼。

テーブルの上を見て、ケイトさんに声を掛ける。

「ケイトさん、お茶のおかわりと……お菓子をお出しして頂けますか？　確か、ロレアちゃんの作ったクッキーが残っていたと思いますので」

「あ、はい、そうよね。解りました」

硬い話が続いていたので、甘い物でも食べて、少しでも空気が軽くなればと、私はケイトさんにそうお願いし、部屋を出た。

私が用事を済ませて戻ってくると、部屋の空気は先ほどよりも少し柔らかくなっていた。

うん、これはきっと、ロレアちゃんお手製のお菓子のおかげだね。

とっても美味しいからね、あのクッキー。

……分けてあげるのが、ちょっと惜しくなるぐらいに。

「あ、店長さん、お帰りなさい」

「はい、ただいま戻りました」

「店長殿、どこへ？」

「ちょっと調べたいことがありまして。お待たせして申し訳ありません」

私が席に着き、軽く頭を下げると、アデルバート様は首を振る。

「なんの。むしろ、二人から詳しい話を聞く時間が取れた。それで、サラサ殿。改めて礼を言わせてくれ。よくぞアイリスを助けてくれた」

「私からもお礼を言わせてください。アイリス様の命が今あるのも、サラサさんのおかげです」

そう言ってアデルバート様とカテリーナさんが、私に対して深々と頭を下げた。

「あ、いえいえ、頭を上げてください！　お礼はさっきも言って頂きましたし！」

目上の人にそんなことをされると、ちょっと困る！

「だが、そんなサラサ殿に、儂は失礼なことを……」

私がわたわたと手と首を振れば、アイリスさんとケイトさんが苦笑気味に口を挟んだ。

「お父様、店長殿が困っていますから」

「ママも、そんな風に頭を下げられても、逆に店長さんの迷惑になるから」

「そうか？　で、あれば。だが、サラサ殿はアイリスの命の恩人。儂にできることがあれば、なんでも言ってくれ」

「はい。私も。……あんまりできることはありませんが」

アイリスさんたちの取りなし（？）で頭を上げたお二人に、私はほっと息を吐く。

「もしものときには、お願いしますね？　ですが、アイリスさんが助かったのは、アイリスさんの運が良かったことも大きいので……」

アイリスさんの怪我を治せる錬成薬がたまたまウチにあったというのは、本当に幸運。

万が一、同じような怪我をした人が今訪れたとしても、治せるかどうかは……いや、治せないことはないんだけど、今ある虎の子の錬成薬は確実にオーバースペックな代物なので、使うかどうかの判断には、非常に迷うことになるだろう。

そのときに請求する額は、アイリスさんに請求した額を大幅に上回ることになるし、必要以上に高価な錬成薬を使ったと言われてしまうと、否定できないのだから。

でも実際、突然訪れる急患にぴったり合う錬成薬を常に在庫を抱えておくことなんて、こんな田舎ではまず無理。

だから『必要以上の錬成薬だ』とか言われても、錬金術師としては困るんだけどね？

かといって、『ちょうど良い錬成薬がないから、治しません』と言ったりしたら、恨まれそうだし。難しいよね。

「それで店長さん、調べ物って？　さっきまでの話に関係のあることなのよね？」

「はい。先ほど出てきた名前を、レオノーラさんと商談した時に聞いたような気がしたので、ちょっと問い合わせてみたんです」

持ってて良かった共音箱。

先日設置して、動作確認以外には未だ活躍の機会がなかったそれが、予想外の目的で役に立った。

「そのレオノーラという人物は？」

「お父様、レオノーラとは、サウス・ストラグの町の錬金術師です」

「サウス・ストラグの……だが、どうやって……？」

アイリスさんの説明に頷きつつも、連絡方法が解らなかったようで、アデルバート様は不思議そうに首を捻った。

「共音箱という物が設置してあるのです。ご存じありませんか？」

「……噂には聞いたことがある。上級貴族では持っている者もいると聞くが、それが？」

「はい。私たち、互いに錬金術師ですから」

「なんと！」

アデルバート様が驚きに目を瞠る。

実際、錬金術師じゃなければ、アデルバート様の言うように上級貴族ぐらいにならないと、設置コストと運用コストの負担は難しいだろう。

遠ければ遠いほど使用コストがかかるし、近ければ今度は設置する意味が薄れる。

そんな、ちょっと微妙な錬成具だから。

「店長殿、レオノーラ殿はなんと？」

「はい、それですが――」

まず錬金術師たちを借金漬けにして荒稼ぎしていた、そして私も標的にしていたらしいヨク・バールは、やはりあの後、儚くなっていた。

かなり頑張ったようだが、結局は資金調達が間に合わず、裏社会からケジメをつけられてしまったというのが、レオノーラさんの予想。

いや、レオノーラさん自身は確信していたみたいなので、たぶん、どこからか情報を得ているのだろう。単なる錬金術師にしては、色々詳しいし。

その儚くなってしまった父親の後を継いで、現在バール商会を経営しているのが、息子のホウ・バール。

今回のお話に出てくる商人である。

私とレオノーラさんの頑張りのおかげで、商売の規模はだいぶ小さくなったバール商会ではあるけれど、それでも元々が大きかっただけに潰れるまでには至らず、一応、それなりの権勢は誇っているらしい。

――見かけ上は。

その実、内面は火の車。

現在のバール商会は、かなり危機的な状況らしい。

「レオノーラさん曰く、『とてもじゃないが、それほどの大金を用意できる状況にはない』とのことでしたが……」

この事実にカーク準男爵の名前が絡むと、何かしら裏がありそうだよね。

偏見かもしれないけどさ。

「むむむ、好青年に見えたのだが……」

「悪い顔をした詐欺師はいない、と聞きますよ、アデルバート様」

「それは……そうなのだろうな」

急に気が抜けたようにため息をついたアデルバート様の顔には、はっきりと心労が刻まれ、ウチに来てからどこか漂わせていた緊張感も薄れている。

きっと色々と悩んだ上でアイリスさんを犠牲にするような決断を下したのだろうに、結果がこれでは、その徒労感は大きいよね、やっぱり。

「だが、バール商会は何故、当家に近付いたのだ？　金があるわけでもない、しがない騎士爵家だぞ」

少し不思議そうに言うアイリスさんの言葉を、私は首を振って否定する。

「それでも貴族ですからね。何かしらの役に立てる心算があったんでしょう。それにこう言ってはなんですが、現状のバール商会が手を出せるレベルは限られるでしょうし」

アイリスさんはあまり意識していないようだけど、平民と貴族、その差は大きい。

仮にそれが下級貴族でもね。

私がそう指摘すれば、アデルバート様が悔しそうに唸った。

「ムゥ。それで当家が目をつけられたか。儂が金に困っていることは、少し調べれば判る。良いカモだったわけか」

「それに、断言はできませんが、カーク準男爵も一枚噛んでいるのかもしれませんね。情報を流したか、借金の返済になんらかの合意があったのか」

バール商会とカーク準男爵。

前回のことも含め、この両者になんらかの繋がりがあるのは、ほぼ間違いなさそうなんだけど、相手は貴族で領主。

さすがのレオノーラさんも手を出しにくいようで、今のところ明確にはなっていない。

「だが、どちらにしても今回の話は受けられぬな。仮に金が用意できたとしても、そんな人物をロッツェ家に入れるわけにはいかん！」

「アデルバート様！」

その言葉を聞き、素直に喜色を浮かべたのはケイトさん。

アイリスさんとカテリーナさんも、言葉にこそ出さないものの、穏やかなその表情からは明らかな安堵がうかがえる。

「ですが、お父様。借金の方は……」

「それよな。振り出しに戻ってしまったが、領民を第一に考える以上、そんな商会から金を借りる方が余程危うかろう」

うん、そんな人物が将来、ロッツェ家の当主になったりなんかしたら、どうなるか。

決して、『飢饉だから領民に支援を』なんてことはあり得ないだろう。

「でも事情を鑑みると、今回の件、私の責任もありそうなんですよね」

「いや、別にサラサ殿は関係なかろう？　借金をしたのは当家で、返済ができないのも儂の力不足でしかない」

「ですが、私がバール商会を追い込んでしまったから、という部分もあるかと」

アデルバート様は不思議そうな表情を浮かべるが、私は首を振る。

もちろんこれは、バール商会とカーク準男爵が繋がっていて、そこからアデルバート様に対する急な返済要求が行われたならば、だけど。

でも実際、カーク準男爵が一括返済を求める理由なんて、ほとんどないんだよ。

高い利息をかけ、元本があまり減らせていない現状。

一括返済されるよりも、長期的に利息を受け取る方が確実に儲かるわけで。

カーク準男爵がなんらかの理由で資金不足に陥り、多額の現金が必要になったという理由でもなければ、今回の件、少々不可解な要求なのだ。

そう思って悩む私に、アイリスさんたちが心配そうな表情で声を掛けてくれる。

「その可能性がゼロとは言わないが、店長殿のやったことは間違っていないのだ。気にする必要はない」

「そうよね。店長さんの行為は、確実に何人もの人を助けたのだから。ね？」

「そう言って頂けると、救われます」

「――でも、それはそれとして、お金はなんとか工面しないといけないのよね」

「私が協力できれば良いのですが……」

少々荒稼ぎしたお金は、錬金術師たちを助けるためにその大半を使ってしまったし、その後も大物の錬成具（アーティファクト）を作る素材を買い込んだので、現在、手元の現金はかなり乏（とぼ）しい。

倉庫にあるなんやかやを処分すれば絶対に用意できない金額、ってわけじゃないけど、そんなことをしたら錬金術師として立ち行かなくなるし、そう簡単に売れる物でもないので、売却（ばいきゃく）先を探すのにも一苦労だろう。

一応、それぐらいの価値はある、というだけでしかないのだから。

資産を簡単に現金化できるなら、ヨク・バールだって、きっとまだ生きていたはず。

さすがにアイリスさんたちの方は、命に関わることはないだろうけど、先行きがかなり暗いことは間違いないわけで……。

アイリスさんを見捨てるなんてできないし、いざとなれば捨て値で処分してでも現金を用意することも考えるとして、その前に今は――。

「可能なら、カーク準男爵との間で交（か）わされた借金の証文を一度確認したいのですが、お持ちですか？　契約（けいやく）内容を詳しく教えて頂くだけでもかまわないのですが」

「証文を、か？　さすがに持ってきてはいないが、内容については儂が覚えている。だが、それがなんの関係がある？」

　アデルバート様は訝しげに私の顔を見るが、不用意に希望を持たせるようなことは言えず、私は曖昧に応える。

「ちょっと気になることがありまして。教えて頂けますか？」

「あぁ、もちろんかまわない。まずは金額が――」

　ややお人好しなところはあるようだけど、アデルバート様が優秀な人物であることは間違いないらしい。

　細かい条件までしっかりと記憶していて、私が質問すれば淀みなく答えが返ってくる。

　そして、一通り疑問点を聞き終えた私は、笑顔で大きく頷いた。

「うん、これは、違法の可能性がありますね」

「違法？　借金が、か？」

　予想外のことを聞いたとばかり、目を丸くしたアデルバート様に私は再度頷く。

「借金の条件が、ですね。この国では、貴族同士の借金には、ある程度の制限があるのですが、ご存じですか？」

「いや、知らない。カテリーナ、お前はどうだ？」

「あいにく私も……ご存じの通り、私たちは元々この国の出身ではありませんから」

アデルバート様は確認するようにカテリーナさんへ視線を向けたが、カテリーナさんも知らなかったようで、申し訳なさそうに首を振った。

「あぁ、そうだったな。すまぬ」

「いえ、今の状況には満足していますし、アデルバート様には感謝しております」

ふむ。ケイトさんはハーフだし、ちょっと気になるけど……今は関係ないか。

「もちろん私も知らない。貴族の常識について教えられた覚えもないしな！」

「アイリス、威張ることじゃないでしょ？　とはいえ、私も知らないんだけど。店長さん、その条件ってなんなの？」

「簡単に言えば、利息や返済期限などですね。この借金は制限を逸脱しています」

この国の法は、大まかに分けて二つ。

国王が定め、国の全土に適用される国法と、領主が定め、その領地に適用される領法。

曲がりなりにも明文化されている——一部には『詳細は国王が判断する』とか書いてあったりする——国法に対し、領法の方は正に領主の胸三寸。

法を記した文書が存在しないどころか、朝令暮改、領主の気分次第でコロコロ〝法〟が変わる領地も存在する。

だが、そんな領地であっても国法に反する領法は許されず、無理に領法を優先させようものなら、領主の方が処罰の対象となる。

当然、個別の契約で決めた各種条件など言うに及ばない。

その国法が貴族の借金に関して定めている制限は、利息上限や担保、返済期限など。

基本的には、返済しやすくなるような制限となっている。

何故そうなっているかと言えば、借金漬けになる貴族を減らすためであり、延いては国王の権威を守るためでもある。

もしも借金によって、貴族が他の貴族の下に付いてしまったら？

国王に誓うべき忠誠が他に向かうようなこと、国王として許容できるはずもない。

斯くして、このような法が施行されているわけである。

ちなみに錬金術師の地位や権利、義務などを定めているのも国法。

それ故、錬金術師は困った領主に煩わされることも少なく、よく知らない領地でも安心して赴けるようになっていたりする。

「そんな法があったのですね。これはウォルターの落ち度です。アデルバート様、申し訳ありません」

「いや、仕方なかろう。儂も知らぬことだし、そもそもどのような条件であれ、借金をせざるを得ない状況だったのだ」

沈痛な面持ちで頭を下げるカテリーナさんに、アデルバート様は首を振る。

ウォルターさんというのは、ケイトさんの父親――つまり、カテリーナさんの旦那さんで、アデルバート様が留守の間、アイリスさんの母親であるディアーナ様と共にロッツェ家のことを取り仕切っている人らしい。

普段から実務を処理しているのもウォルターさんで、今回の借金も彼の纏めた話。

つまり、アイリスさんを売ろうとしたのもその人、と。

むぅ……。仕方なく、なんだろうけど、なんだかモヤッとする。

するけど、私の心情は横に措いておこう。

「庇うわけではありませんが、知らないのもある程度は仕方ないかと。貴族でもそういう人はいますし、ましてや陪臣であれば……」

言葉は悪いけど、騎士爵レベルの陪臣が細かい国法を学ぶ機会など、まずない。

大貴族の陪臣であれば、まだしも親から子へ、代々受け継がれる知識などもあるんだろうけど、アデルバート様ぐらいの家だと、ね。

専門家を雇えるならともかく、騎士爵家にそんな余裕があったとは思えないし。

「ふむ……そんなものか。しかし、店長殿は何故そんなに詳しいのだ?」

納得したように頷いた後、アデルバート様はふと不思議そうに私を見る。

そのもっともな疑問に私は頷き、ため息をついて答えた。

「習うんですよ、いろんなことを。錬金術師養成学校では」

国が運営するあの学校、錬金術を習うのは当然として、それ以外にもかなりの広範囲に亘って専門的な知識を教授される。

それこそ、錬金術師として活動するだけなら、あまり必要なさそうなことも含めて。

まるで、錬金術のプロフェッショナルを育てることよりも、あらゆる知識を持つジェネラリストを養成することを考えているかのような……。

そのへんは国の政策に関わることだろうから、私に詳しいことは判らない。

ただ、国に錬金術師が足りないのは間違いないので、それらの授業の成績で錬金術師から脱落したりはしないよう、合格基準はやや低めに設定されている。

必然的に他の錬金術に関する授業とは、学生の力の入れようも異なり、私の報奨金稼ぎにとても貢献してくれたものである。

「なので、錬金術師でもこれらの知識を持っていない人もいます。あ、いや、絶対に習ってはいるんですけど、覚えているかどうかは別、ってことですけど」

というか、合格点を取ることだけが目的の錬金術師なら、たぶん試験が終わった時点で忘れてると思う。ほとんど使い道がない知識だから。

「ちなみに、違法と判断されたらどうなるのだ？」

「制限の範囲内で計算し直すことになります。既に十分支払っていれば、借金が棒引きされた上で、お金が戻ってくることもあります」

「ほう！」

嬉しげな声を上げるアイリスさんを制すように、私は手を上げて、言葉を続ける。

「話を聞いた範囲では、違法の可能性が高いのですが、私も専門家ではありませんし、そういうことをする相手です。なんらかの抜け道を使っていることも考えられますから」

私が聞いたのは、契約内容に関してアデルバート様が認識している内容。

こういう詐欺って、判りにくいように罠を仕掛けてあったりするから、契約者本人の認識はあまり当てにならない。

「専門家、か。その手の専門家は、王都に行けばいるのだろうか？」

「そうですね、師匠に聞いた話では、これを専門にして荒稼ぎしていた人も、過去にはいたらしいですよ？」

ここで言う専門家とは、法律の専門家ではなく、借金関係、それも違法な借金の清算を専門にしている人という意味。

それだけに限定していれば、身につけるべき知識の量も少なくて済み、作業内容もパターン化される上、依頼相手からの報酬も、取り返すことができた金額から一定割合で貰えば、取りっぱぐれることがない。

かなり楽に稼げたため、借金をしていそうな貴族を訪ね歩いて、話を持ちかけたりすることもしていたらしい。

「もっとも、最近はいないようです。何故か、早死にする人が多かったみたいで」

「何故かというか、理由は明白じゃない？　まともじゃない貴族、それも複数から恨みを買うことになるんだから」

ケイトさんがやや呆れたように言い、肩をすくめて皮肉げに笑う。

「まぁ、そういうことですよね、やっぱり。そんなわけで、それの専門家はいませんが、総合的に貴族同士の調停を扱っている専門家はいますので、その人たちに依頼すれば、なんとかなる……かもしれません」

契約書類の内容次第なので、断言はできないけど。

「とはいえ、調停結果が出るまでには、かなりの期間が必要になるはずですので、返済はせざるを得ないでしょうね。後で返還されるにしても」

それまでは借金の証文も有効なので、契約に基づいてカーク準男爵が行動を起こし、ロツツェ家の領地に手を出してきても、文句は言えないわけで。

お金は後から取り返せるかもしれないけど、取り返しのつかないこともある。

「つまり、お金が必要なことは変わらずか」

「もう少し額が小さければ、家中の者で出稼ぎをすることも考えられるのですが……」

ため息をついたアイリスさんにつられるように、カテリーナさんも憂鬱そうに言葉を漏らす。

まぁ、少々の人数が働いたぐらいで稼げる額じゃないよね。

それこそ、年単位で頑張らないと、足しにもならない気がする。

「ちなみにアイリスさん、家中というと、どのくらいの人が……？」

「うっ……」

私の質問に、アイリスさんだけではなく、アデルバート様を含め、全員が揃って気まずそうに視線を逸らした。

「当家の陪臣は、その……スターヴェン家だけでな？」

「成人しているのは、儂たち夫婦とアイリス、スターヴェン家夫婦、ケイトだけなのだ」

「へ、へぇ……」

えっと、つまり、なんですか？　成人は五人だけで、この場にいないのは、アイリスさんのお母さんとケイトさんのお父さんだけ、と。

そりゃ、無理だ。

どう頑張っても、普通のお仕事では稼げない。

少なくとも、短期間では。

「一応、私とケイトに兄弟もいるのだが、どちらも下なのだ」

訊けば、アイリスさんの下に妹が二人、ケイトさんには弟が一人いるらしい。

ただ、前者は未だ一〇にも満たず、後者などやっと乳離れをしたところ。

戦力としては、まったく当てにできない。

「お金を貸してくれそうな人に心当たりは……ないんですよね？」

「うむ。恥ずかしながら、先ほどサラサ殿に出した金も、それらの心当たりを回ってなんとか工面した額なのだ」

だよね。あったら、困ってないよね。

「こうなったら、爵位の返上も視野に入れざるを得ないか……」

「お父様！　それは……」

アイリスさんは焦ったように声を上げるが、アデルバート様はゆっくりと首を振る。

「これも儂の力不足。方策がない以上、それも考慮すべきだろう」

「お父様……」

「「アデルバート様……」」

う、う～む、愁嘆場？

ここで、『そうですね。貴族として力不足だから、仕方ないですね』と言えるほど、私とアイリスさんたちのお付き合いは浅くないわけで。

「そもそも、爵位を返上しても、借金は残りますよ？　むしろ、悪化しますね」

村二つだけの領地しかない下級貴族でも、その収入は平民より多いし、借金に関する規制も貴族であればこそ。

貴族でなくなればそんな規制の対象外になってしまうので、調停によって対処することもできなくなってしまう。

後はもう、貴族の権力を笠に着た、平民に対する強引な取り立てである。

そして返す当てがないとなれば、アイリスさんやケイトさん、下の妹さんたちの身に、幸せな結果が待っているはずもない。

「むぅ……ならばどうすれば……」

渋面で考え込むアデルバート様を見て、アイリスさんが窺うような視線を私の方に向ける。そして再度、アデルバート様の顔を確認、おずおずと口を開いた。

「店長殿、とても言いにくいのだが、店長殿の師匠に借りることは……できないだろうか？」

「師匠、ですか。うぅ～～ん」

「サラサ殿の師匠？　いくら錬金術師でも、そう簡単に出せる金額では……なかろう？」

「それがアデルバート様、店長さんの師匠はマスタークラスの錬金術師なんです」

「なんと！」

私は腕組みをして考える。

確かに師匠なら、その程度の現金は普通に持っていると思う。

それに、師匠ほどでなくても、ある程度以上の錬金術師で現金を多く保持している時であれば、出せない金額でもない。

もちろん、今の私には無理だけど。

「お願いすれば、なんとかなる、かもしれませんが……」

たぶん、私が『借金をこさえた！』と泣きつけば、皮肉の一つでも言いながらあっさり肩代わりして、『返し終わるまでタダ働きだ！』と、王都のお店に連れ帰ることだろう。

一応、弟子として認められているみたいだし？

ただ、私の知り合いのためとなると……どうかなぁ？

「必ず返すと約束する。既に大金を借りている立場で更に頼むのは非常に申し訳ないのだが、どうか、どうかお願いできないだろうか！　この通りだ！」

「店長さん、お願い！」

アイリスさんとケイトさんが、テーブルに額を擦り付けるようにして頭を下げた。

その横でアデルバート様とカテリーナさんは、どうしたものかと戸惑った様子で、行動を決めかねている。

まぁ、お二人にとって私は、今日会ったばかりの相手。

お金を貸してと頼むには関係が薄すぎるし、金額も大きい。

しかもその相手が、自分の娘よりも年下ともなれば、大の大人である二人としては、頼みづらいだろう。私が持っているお金を貸すのではなく、その師匠に借金を頼んでくれ、という状況では特に。

私としても、なんとかしてあげたいのはやまやまなんだけど……。

そんな私の迷いを感じ取ったのか、アデルバート様は首を振ると、アイリスさんたちに声を掛けた。

「アイリス、ケイト。サラサ殿にご迷惑だろう。頭を上げなさい」

「しかしお父様、我々に頼る当てなど、既に……」

「お金を持った知り合いなんていませんからね、私たちって。当家と似たような所としか、お付き合いがありませんから」

アイリスさんに同調するように、カテリーナさんがさらっと言った身も蓋もない言葉に、アデルバート様の額に刻まれた皺が深くなる。

「むぅ」

「ママ……」

さて困った。

私が頑張って頼めば、師匠は貸してくれるかもしれないけど、あまりにも金額が大きいし、単にお金を貸してくださいとお願いするのは、かなり気が引ける。

せめて、氷牙コウモリの牙の時のように、普通なら捌けない量の素材を買い取ってもらう程度に留めたいところ。

そして、お金を稼ぐのに最も効率が良いのは、慣れないことをするより、本業で稼ぐ方法なわけで……よしっ！

「師匠にお金を借りずとも、なんとかならないでも……ないですよ？」

「本当か！　どのような方策が？」

即座に反応したアイリスさんに頷きつつ、私は考えていたことを口にする。

「アイリスさん。私は錬金術師、アイリスさんたちは採集者。お仕事は？」

「――素材集めか！　いや、だがしかし、それでなんとかなるような額では……溶岩トカゲの素材は思ったよりも高かったが」

「でもアイリス、ママやアデルバート様、ついでにパパも呼んで全員でやれば――」

「それでも、普通に素材を集めるだけでは厳しいでしょうね。ですが、貴重な素材を手に入れることができるなら、その限りではありません。心当たりがありませんか？」

「貴重な素材……？」

困惑したように目をパシパシさせるアイリスさんたちだったが、すぐにケイトさんがハッと気付いたように、そして半信半疑の顔で私を見て、恐る恐る口を開く。

「……店長さん、まさか、サラマンダー？」

「正解！　あれを入手すれば、借金を返すだけのお金は用意できます。問題は売り先ですけど、そこは師匠に頼めばなんとかなるでしょう」

　また甘えることにはなるけれど、単純に『お金を貸してください』と言うのと、『売りにくい素材を買ってください』と言うのとでは、明らかに後者の方がお願いしやすい。

　それに師匠には『珍しい素材を送れ』と言われているから、サラマンダーレベルなら、十分にそのお眼鏡にかなうと思う。

もし、『買えない』と言われたら、そのときは『言われた通りに、珍しい素材を送ったのに～』と泣きつこう。

「でも店長さん、私たちではとても敵わない、危険な相手って話だったんじゃ？」

「そうだ。サラマンダーの危険性ぐらい、儂でも知っている。いくら金に困っていても、命を失っては意味がない。とてもではないが認められぬ」

「ええ。ケイトちゃんがそんな所に行くのは……心配ね」

顰め面の中にも、アイリスさんたちに対する憂慮が見え隠れするアデルバート様と、不安に顔を曇らせているカテリーナさんに、私は即座に首を振った。

「もちろん、二人にサラマンダーと戦えとは言いません。ほぼ自殺行為ですから」

「となると……もしかして、店長殿が？　店長殿なら、スパッと倒せてしまうとか……」

期待するように私を窺うアイリスさんだけど――。

「いえ、私も一人では対処できません。ただ奥の手……みたいな物はあるので、誰かの手助けがあれば、なんとかなるかも？　一応、師匠に確認してみるつもりですが」

訊いてみて大丈夫そうなら、頑張ってみる価値はある。

既にアデルバート様も、アイリスさんとホウ・バールを結婚させるつもりはなさそうだけど、だからといってアイリスさんの家が潰れてしまうのも嫌だ。

できる範囲で手助けはしてあげたいよね？

せっかく仲良くなれたんだから。

「ふむ、錬金術師の奥の手か。それは、サラサ殿にとって使っても問題ない物なのか？我らのことを考えてくれるのはありがたいが……」

「それは問題ありません。ただ、使った後はちょっと動けなくなるので、私を無事に連れ帰ってくれる人、そしてできれば、サラマンダーと戦う時にサポートしてくれる人が欲しいですね。一人でも不可能ではないと思いますが、より安全性を高めるのなら」

「店長さん、それはヘル・フレイム・グリズリーの時のような？」

私が数日、まともに動けなくなったことを思い出したのか、不安そうな表情を見せるケイトさんに、私は問題ないと首を振る。

「いえ、アレよりはマシです。しばらく休めば動けるようになるので、その間、守ってくれるだけでも問題ないぐらいですね」

あの時は、ホントに大変だった。

一人ではおトイレにも行けないのだから、色々と問題が……いや、忘れよう。

あれは私たち全員の記憶から、抹消されるべきことだ。

「それは儂でもいいだろうか？　首尾良くサラマンダーを斃すことができれば、その素材を持ち帰る人手も必要となるだろう？」

「なら私も、手を挙げますわ。これは当家の根幹に関わること。サラサさんだけにお任せするわけにはいきません」

すぐにそう申し出てくれた、アデルバート様とカテリーナさんだけど――。

「できれば、アイリスさんとケイトさんにお願いしたいです。いかがですか？」

「もちろん、私に否やはない！　協力させてくれ！」

「当然、私も。どれだけのことができるか判らないけど……」

即座に応えてくれるアイリスさんたちに対し、アデルバート様たちは子供たちのことが心配なのか、少し不満そうな表情になる。

「何故だ？　多少老いたとはいえ、まだまだ儂はアイリスに負けんぞ」

「そうです。ケイトよりも私の方が頼りになりますよ？」

確かに、アデルバート様は見るからに鍛えられているし、カテリーナさんはケイトさんに弓を教えた張本人なわけで。

「アイリスさん、ケイトさん、そうなんですか？」

「ああ。お父様は騎士であることに誇りを持っているからな。私とは比較にならない」

「悔しいけど、私もまだママの腕前には、及ばないかな……？」

わお。アイリスさんはともかく、ケイトさんの弓の腕はかなりのもの。

それを考えるとカテリーナさんって、とんでもないいんじゃ？

驚きにお二人を見れば、子供に褒められたのが嬉しいのか、平然とした表情でありながら、しかしごく僅か得意そうに口角が上がっている。

とはいえ——。

「う～ん、そうなんですか。ただ、やはり今回は、アイリスさんたちに」

頷きつつも意見を変えない私に、アデルバート様は再び不機嫌そうになり、アイリスさんは少し安心したように言葉を紡ぐ。

「お父様。戦いに於いて共に戦う戦友同士、信頼関係が重要なことはご存じでしょう？　私と店長殿の間にはそれがあるのです」

「む。確かに儂とサラサ殿は今日会ったばかり。その点を言われると弱いな」

少々不本意ながらも、納得したようなアデルバート様とドヤ顔で胸を張るアイリスさんには申し訳ないんだけど……。

「いえ、今回はそれ、関係ありません」

はっきりと告げた私の言葉に、アイリスさんが得意げな表情から一転、愕然として私を振り返った。

「な、なんと！　私と店長殿の間の信頼関係は!?　私の幻想だったのか？」

「あ、信頼はしていますよ？　もちろん。単に主な理由が違うだけで」

私はフォローしつつ、何故アデルバート様ではダメなのか、その理由を説明する。

「サラマンダーと戦うなら、ブレスと熱に対応する防具が必要ですが、そのための素材があまりないんですよ」

先日処理を終え、防熱素材として師匠かレオノーラさんに販売するつもりだった溶岩トカゲの革。

あれを使えば、サラマンダーと戦うために必要な、最低限の防具は手に入る。

ただ、前回狩ってきたのは、溶岩トカゲ四匹分でしかない。

ブーツと手袋、それにコートを作るとなれば、小柄な私とアイリスさん、ケイトさんでギリギリだろう。

二人のどちらかの代わりにカテリーナさんという選択肢はあるにしても、明らかに大柄なアデルバート様は、どうやっても無理である。

「今手元にある、途中まで処理が終わっている素材を使っても、完成まで一ヶ月ほどは必要です。新たに狩りに行くだけの余裕は……。借金の支払期限、ありますよね？」

おそらくは万策尽きたからこそ、アイリスさんを迎えに来たはずだ。

案の定、アデルバート様は厳しい表情で、深く唸る。

「むむむ、厳しいな……。二ヶ月……いや、引き延ばせば、三ヶ月はいけるか？」

「それでは無理ですね。サラマンダーを首尾良く斃せたとしても、現金化する必要がありますから」

普通の素材なら、錬金術師のお店に持ち込んだ段階でお金に替わるんだけど、私がその錬金術師。即金で買い取る（？）だけの現金はないし、そもそもそんな現金があれば、サラマンダーを狩りに行く必要もない。

もし他のお店に持ち込んだとしても、それこそ師匠レベルのお店でなければ、価値に見合った価格で買い取ってくれたりはしないだろう。

そもそも、品質を保ったまま遠くの店まで運ぶことが難しい。

……あ、そっか。運搬。そこにもネックがあったね。

「あの、アデルバート様、それにカテリーナさん。もしよろしければ、荷物の運搬にご協力頂けませんか？」

「と、言うと？」

「サラマンダーを斃したとしても、私たちで持ち帰るのは……」

「なるほど。力は儂の方があるな。任せるがよい」

自らに役割があることが嬉しいのか、アデルバート様は顔に喜色を湛えて頷く。

「この村の採集者を連れて行っても良いのですが、それだと報酬の分配が必要になりますから。貴族であるアデルバート様に雑用をさせるようで申し訳ないのですが」

「なに、それに関しては気にする必要もない。儂なぞ、所詮は木っ端貴族。それを言うなら、アイリスは一応、貴族の令嬢だぞ？」

「お父様！　一応は酷いですっ」

「事実ではないか。礼儀作法よりも先に剣術を覚えおって」

諦めと呆れを込めた視線をアイリスさんに向けつつ、アデルバート様は頭を振るが、そんな彼に対しても、呆れた視線が一つ向けられる。

カテリーナさんである。

「アデルバート様。アイリス様に嬉々としてそれを教えたのは、アデルバート様ですよ？『お父様みたいになる！』と言われて、それはもう嬉しそうに」

「……はて？　そのようなこと、あったかな？」

記憶にないとでも言うように、惚けた言葉を返すアデルバート様だが、逸らされた視線がすべてを物語っている。

「ありましたよ。木の枝を振り回すアイリス様を窘めるどころか、緩んだ表情で見てたじゃないですか。私、奥様にどうしたら良いかと、相談されましたから」

「それ、私も覚えています。私が弓を習うきっかけになったのも、それですから」

ケイトさんはアイリスさんよりも年上。

アイリスさんが木の枝を振り回せる年齢であれば、当然、ケイトさんの記憶もしっかりとしているだろう。

「アイリス様が大きくなったとき、支えられる人が必要でしたからね。アイリス様が普通の令嬢と同じ方向に興味を持たれるようなら、ケイトの教育も、そちらになる予定だったのですが……」

カテリーナさんはアイリスさんを見て、『ふぅ』と深くため息をつく。

「うっ、ケイト、すまない。付き合わせてしまったな」

「別に構わないわよ。私も変に礼儀作法を習わされるより、弓の修行の方が楽しかったから。幸い、それなりに素質もあったみたいだし？」

少し申し訳なさそうにアイリスさんが謝るが、ケイトさんは朗らかに笑って首を振る。

実際、ケイトさんの腕前を見るに、その言葉に嘘はないのだろう。

対してアデルバート様は、話を続けると自分が不利と思ったのか、一つ「ゴホン」と咳払いして話題を元に戻した。

「それでサラサ殿、実行はいつ頃になりそうなのだ？」

「そうですね、これから必要な錬成具を用意することになりますから……一ヶ月後にここを出発。それぐらいの予定で動きましょう」

「なるほど。では儂たちは一度戻る必要があるな。引き延ばし工作の指示も出さねばならぬし、事情の説明も必要だろう」

「ですね。――話をすると、ウォルターも来たがると思いますが」

「そうもいかぬだろう。ウォルターには家宰として役割がある」

人間でありながら、エルフであるカテリーナさんを射止めただけあって、ウォルターさんは武力、知力、そして優れた容姿まで備えた俊英であるらしい。

借金の契約に関してはミスがあったようだけど、それでも領主であるアデルバート様の代役を務めるに十分な能力を持ち、ロッツェ家を支えている。

逆に言うと、彼が抜けてしまうと、ロッツェ家は機能不全、借金の支払期限に関する交渉も行えなくなるほど重要な人物である。

「……あれ？　それならむしろアデルバート様の代わりに、その方が来られた方が」

今回の来訪、その元々の用件、アイリスさんを連れ戻すことに関しては、多少の無理をしても当主で父親であるアデルバート様が来て、説明する意味はあると思う。

でも次回は？

いうなればただの荷物持ち。

一度戻るのであれば、当主のアデルバート様が来る必要なんてないんじゃ？

そんな私の当然の疑問に、ロッツェ家の人たちは揃って沈黙した。

「「「………」」」

「おや？」

何かマズいことを言った？　と首を傾げた私に対し、アイリスさんが困ったような笑みを浮かべながら、曖昧に口を開いた。

「あ～、店長殿。とても言いづらいのだが……ウォルターにお父様の代わりはできるのだが、その逆は……」

チラリとアデルバート様に目を向ければ、彼は渋面で腕組みをして、まるで私の視線を避けるかのように目を閉じていた。

なるほど、訊いちゃダメなことなんですね？

たぶん、書類仕事とかが苦手なんだろう。アイリスさんの父親だし。

――大丈夫です。私、空気が読めますから。

私はこくりと頷く。

「さ、さて！　それじゃ、詳しいことを決めましょうか！」

空気は読めても、対処できるとは言っていない。

私はやや強引に話を変え、アイリスさんたちと今後の予定を詰めるのだった。

錬金術大全：第七巻登場
作製難易度：ノーマル
標準価格：600,000レア～

〈魔熱炉〉

一般人の僅かな魔力で効率的に熱を発生。これ一つで家一軒の熱需要を賄え、薪割りの重労働からあなたを解放します。暖房、調理はもちろん、真冬でも湯水を湯水のよう使用可能。憧れの内風呂が今日からあなたの為に！※給湯、調理用アタッチメントはオプションです

Episode5

サラマンダー

さて、今回のお話の前提。

これがなければ文字通りお話にならないと、サラマンダーについて師匠にお伺いを立てたところ、『一般的な強さなら、お前が頑張れば大丈夫じゃないか？』という、とても頼もしい（？）返答を頂いた。

頑張る、か。

当然そのつもりだけど、少々心許ない。

だって私、戦いの専門家じゃないし。

なので私は、本業で頑張る。

何より重要なのはサラマンダーのブレスを防ぐための〝防熱コート〟。

このコートの構造を大まかに言うなら、表面が溶岩トカゲの革を加工した物で、それの裏打ちがヘル・フレイム・グリズリーの革。

その下に断熱素材を配し、一番内側には何か適当な革で裏地をつける。

この中で一番重要なのは、当然、溶岩トカゲの革。

裏打ちは予算次第で別の革を使っても良いんだけど、今回はコスト度外視で、少しでも効果を高めるため、ヘル・フレイム・グリズリーの革をチョイス。

幸い、ウチには在庫もあるしね。

断熱素材は魔導コンロに使った物の応用品、裏地の革に付加する冷却機能は、冷却帽子などと似た仕組み。

ある意味、これまで作ってきた錬成具の集大成にも近い。

だからなのか、このコートが載っているのは錬金術大全の五巻なんだよね、実は。

そして私は未だ、四巻が終わらず。

だからこそ、溶岩トカゲの革は下処理だけして売るつもりだったんだけど……今回のことで、そうもいかなくなったわけで。

なので今は、僅かに残っていた四巻の錬成具を急ピッチで作っています。

素材だけは揃えていたので、後は頑張るだけ！

ちょっとばかし、睡眠時間を削ってね！

そんなことをしていると、ロレアちゃんには心配をかけてしまったようで――。

「サラサさん、大丈夫ですか？　かなり無理しているように見えますが……。何かお手伝いできれば良いんですが」

お店の方をロレアちゃんにほぼ任せっきりで工房に籠もっていたら、ご飯の時間と呼びに来たロレアちゃんが、心配そうに私の顔を覗き込んできた。

既に徹夜も三日目。今朝自分の顔を見たら、ちょっと濃いめの隈ができちゃってた。だからこそなんだろうけど、このぐらいならまだ問題はない。

「大丈夫、大丈夫。ロレアちゃんが料理を作ってくれているだけで、十分助かってるよ。それがなかったら、私も無茶できないもの」

錬金術師が食事も忘れて研究に没頭、なんてのはよくあることだけど、錬金術師も歴とした人間。そんな無理、何日もは続かない。

その点、私には、毎食きちんとした料理が提供されているので、長期間でも倒れることなく頑張れている。

「なら良いのですが……あまり無理はしないでくださいね？　せめて、体力のつく物を作りますから」

ロレアちゃんにも今回の事情はきちんと伝えていて、彼女もアイリスさんの状況に憤慨、できる限りの協力を約束してくれている。

それ故、私が徹夜で工房に籠もっていても、無理に休めとは言わないのだろう。

「うん、ありがとう。ロレアちゃんの料理はいつも美味しいから、本当に助かってるよ」

食堂へ向かいながら私がにこりと笑って、そうお礼を言うと、ロレアちゃんが照れたように「私なんて、大したことないです」とはにかむ。

そして、そんなロレアちゃんに対抗するように声を上げたのは、既に食堂で待っていたアイリスさんとケイトさんだった。

「店長殿、私たちにできることはあるだろうか？　ロレアのような料理は無理なのだが」

「錬金術に関しても、よく解らないしね、私たち」

「う～ん……、でしたら、鹿でも狩ってきてもらえますか？」

正直に『何もないです』と言うのも申し訳ないと、捻り出してみた答えに、アイリスさんとケイトさんは顔を見合わせて首をひねった。

「鹿？　ごく普通のか？」

「魔物とかではなく？」

「ええ、普通の鹿。皮が必要なんですよね」

防熱コートの裏地に使う革は、これといった制限がない。

裏地が影響するのは、ほぼ着心地と耐久性だけ。

だから、肌触りやコスト面などから、鹿なんかがちょうど良い。

普通の鹿革を購入予定だったけど、アイリスさんたちが狩ってきてくれるなら、全部自前で処理ができるので、ちょっとだけ高性能にできる。

僅かな差が生死を分ける可能性がないとも言い切れないし……うん、これは予想外に良いお仕事じゃないだろうか？

「なるほど。それが店長殿の助けになるのなら、すぐに行ってこよう」

「そうね。狩りなら、私、得意だからね」

「ウチの食卓に上る肉は、ケイトかカテリーナの狩ってくる物だったからな」

「狩って来ないと、食べられなかったからね」

実はケイトさん、ロッツェ家の領地にいる時は、時々訓練と食糧確保を兼ねて、鹿狩りに行っていたらしい。

その結果として育まれたのが、あの腕前。

きっと容易に鹿を狩ってきてくれるに違いない。

「それでは、よろしくお願いします。そこまで急がなくても良いので」

「あぁ、任せてくれ！」

アイリスさんは笑顔で自分の胸に手を置き、自信ありげに深く頷いた。

私が四巻の錬成具を作り終わる頃、二人は無事に数頭の鹿を仕留めて戻ってきた。

あまり鹿を見かけないこの辺りではなく、慣れている場所で確実に狩るべく、ロッツェ家の領地まで遠征していたのだ。

「店長殿、これでいいだろうか？」

「はい、大丈夫ですよ」

「ロレアちゃんには、こっちね」

「ありがとうございます。今晩のおかずにしますね！」

アイリスさんたちが持ち帰ってきたのは、五頭分の皮と五キロほどのお肉。

今回必要なのは皮だけだったので、実家を拠点に狩りを行い、持ち帰れない肉や角などは置いてきたらしい。

「これで、あと二週間もあれば準備は整いますが……実家の方はどうでした？」

久しぶりに帰った実家。家族から何か言われたかと尋ねてみれば、アイリスさんは少し目を泳がせて、奥歯に物が挟まったように曖昧な物言いで頷く。

「あー、うん……お母様には少し心配されたが、問題は——ないぞ？」

「私の方は、父に激励されたわ。しっかりと役に立てってって」

自分の娘がサラマンダーに挑むとなると、一般的なのはアイリスさんの方の反応だと思うけど、それでも反対されなかったのは、さすがは貴族ってことなのかな？

家を守るためには、って。

私にはよく解らないけど。

「お父様の方も問題ない。ちょっとヒィヒィ言っていたが、予定通りにこちらに来られるはずだ」

先日、こちらに来ていた間の仕事、そして次回こちらに来る間の仕事を処理するため、アデルバート様も頑張っていたらしい。

「では、後で二人の足と手の大きさ、測っておきましょう。ブーツと手袋も防熱の物があった方が安心ですから」

そんな感じに準備を進め二週間あまり。アデルバート様とカテリーナさんが再訪したことで、『サラマンダーで借金返済大作戦！』は決行に移されることになった。

私たち三人にアデルバート様、カテリーナさんを加えた五人は、前回、アンドレさんたちと歩いた道を、足早に辿っていた。

今回の目的はサラマンダーを斃し、その素材を手に入れること。

脇目も振らず——いや、採取作業は控えめにして、目的地へと向かう。

だって、良い物があったら、回収したくなるよね？

準備を整えるのに、私もかなりの資金を吐き出してしまったし。

アデルバート様たちからも苦情は出ないので、問題はない。うん。

その代わりと言うのも少し変だけど、道中で問題となったのは一張りしかないフローティング・テントに、女性四人と男性一人という人数構成。

うら若き乙女である私としては、いくらアイリスさんの父親とはいえ、アデルバート様と一緒のテントで寝るのは、さすがにない。

ただそこは順当に、夜警の組み合わせで、アイリスさんとアデルバート様をペアとすることで解決した。ケイトさんとカテリーナさんなら、私も一緒に寝られるからね。

途中で出てくる敵に関しても、問題なし。

何故なら——。

「大樹海というから多少心配だったのだが、思ったほどではないな」

「そうですね。私でも十分に斃せます」

アイリスさんたちの『自分たちより強い』という言葉に嘘はなかった。

まだ浅い場所とはいえ、気楽に話しながら、出てくる魔物を悉く、そしてあっさりと斃していくアデルバート様とカテリーナさんのお二人。

もっとも、こと戦いに於いて、専門的な指導や訓練を受けている騎士と、普通の採集者を比べること自体が間違っているのだ。

採集者なんてある種、自分で『採集者です』と名乗るだけでなれる存在。

資格も試験もないし、錬金術師のような教育機関があるわけでもない。

先輩の採集者から指導を受けられることもあるが、その先輩にしても、大半はまともな武器の扱い方など習ったこともない自己流ばかり。

採取技術はともかく、戦いの技術という点では、さほど高くはない。

それを考えれば、ルーキーの採集者が足を踏み入れるのを躊躇するような場所でも、騎士ならさほど脅威を感じないのも当然だろう。

「これなら儂も、引退後に採集者として稼ぐのもありかもしれぬな」

「いえ、さすがのお父様も、その頃には体力の衰えがあるかと思いますが……。それに、戦えれば採集者になれるわけではありませんよ？」

「解っておる。別に儂も採集者を侮っているわけではない」

若干、自分たちの頑張りを否定されたように感じたのか、少しだけ不満をにじませたアイリスさんの言葉に、アデルバート様は苦笑を浮かべる。

実際、採集者の本業は戦いではなく〝採集〟。

何が売れるのか、どこで採取できるのか、その採取方法は――。

それらの経験があってこそ、採集者としてやっていける。

例えばアンドレさんとアデルバート様が戦えば、十中八九、アデルバート様に軍配が上がるだろうが、採集者として多く稼げるのはアンドレさんたちの方だろう。

「だが、ある意味で安心したのは確かだな。金がない故に仕方なかったとはいえ、お前たちを送り出す時には、少々不安だったのだが……」

「この程度なら、心配することはなかったですね」

アデルバート様と同様、カテリーナさんもほっとしたように言いながら、チラリとアイリスさんを見て言葉を付け加える。

「……通常であれば、ですが」

「うっ！　面目ない」

「ごめんなさい、私がもっとしっかりしていれば……」

「まぁまぁ。あれは運が悪かった、という面もありますから」

案内人どころか、足手纏いでしかなかった男二人と、普通なら遭遇しない場所にいたヘル・フレイム・グリズリー。

その二点が重なったことで、あの事故に繋がった。

あれ以降、私が見たアイリスさんの腕前や行動から考えるに、問題がどちらか一点であれば、あそこまでの怪我をすることはなかったと思う。

もっとも、あの採集者のダメっぷりを見抜けなかったことや、頼りにならないと判った時点で別れてでも引き返さなかったことは、判断ミスである、とも言えるんだけどね。

「サラサ殿、アイリスたちは、採集者として上手くやれているか？」

「そうですね……経験不足は否めませんが、十分に成功している採集者と言って良いと思いますよ？」

チラリと確認した、二人の表情。

その懇願するような瞳に負けたわけじゃないけど、一応褒めておく。

戦いはともかく、採集に関してはまだまだだけど、私のアドバイスやアンドレさんたちの協力もあって、それなりに稼げているのは嘘じゃないしね？

「ふむ？　……程々と言ったところか？」

でも、そんな私の気遣いはアデルバート様にはお見通しだったようで、ニヤリと笑うと、私とアイリスさんたちの顔を見比べた。

「一応、仕送りも来ていましたし、嘘ではないと思いますよ？　アデルバート様」

「それも周りの助けがあってのことだと儂は見るが、どうだ？」

「はい、仰る通りです、お父様」

アデルバート様に確認され、アイリスさんがきまり悪そうに肯定する。

だが、そんなアイリスさんを見ても、アデルバート様は逆に機嫌が良さそうに頷いた。

「いやいや、それで良い。多少戦えたところで、お前たちは採集者としては新参者。周囲の言葉に耳を傾け、学ぶことが重要だ。サララサ殿、ご迷惑をおかけしていると思うが、今後ともよろしく頼む」

「もちろんです。二人がいることは私にも利がありますし、今となっては大切な友人と思っていますから」

頭を下げてそう頼むアデルバート様に、私は当然と応えたのだった。

◇　◇　◇

やや急ぎ足で目的地へと向かった私たちは、数日後、前回よりも少し短い時間で、溶岩トカゲが生息している辺りに到達していた。

さほど時間が経っていないこともあってか、周囲の様子に変化はなく、ヘル・フレイム・グリズリーが戻ってきている様子もない。

ただ溶岩トカゲだけが、のったり、のったりと動いている。

前回との違いを多少なりとも挙げるとするなら――。

「この辺りは、かなり蒸し暑いな」

「地面自体が熱を持っていますし、今日も暑いですからね」

頑張って自分を騙せば、『なんとか、まだ春かも？』と言い張れた前回と違い、今は騙しようもなく夏真っ盛り。

気温自体が高いことに加え、地面から放射される熱、更には所々で噴き出している水蒸気や温水の影響で湿度まで高いのだから、不快指数は鰻登りである。

はっきり言って、夏場に来るような場所じゃない。

逆に、溶岩トカゲやサラマンダーからすれば快適な環境で、とても活動的になるのだから堪らないよね。

冬場ならちょっとはマシだったんだろうけど、ロッツェ家のお財布にはそれを待つほどの余裕もないわけで……如何ともし難い。

「この帽子があるおかげで、かなり楽ですけど、足下からジワジワきますね」

「なければもっとか。サラサ殿のおかげであるな」

「いえいえ。それらはちゃんと、アイリスさんたちが買った物ですから」

お二人が被っている帽子は、それぞれアイリスさんとケイトさんが普段使っている物。

それ故にカテリーナさんはともかく、アデルバート様の方はデザインとサイズがちょっと合っていないんだけど、私が『新しい物を貸しましょうか？』と尋ねても『それは申し訳ない』と固辞された。

対して、私を含めた他三人は、既にサラマンダー対策装備を身に着けている。

つまり、ブーツにグローブ、それにコート。

見た目的には凄く暑そうだけど、防熱効果は当然として、冷却機能も備えている関係上、かなり快適。フードも付いているので、こんな場所でも汗すらかいていない。

だが、冷却帽子しかないアデルバート様たちの方は、上からの日差しと熱は防げても、足下から立ち上ってくる熱に関してはその効果が薄く、口調から受ける印象以上に、かなりの暑さを耐えていると思われる。

それを考えれば、あまり時間をかけることはできない。

「それで、店長さん。サラマンダーがどこにいるのかは、判るのかしら？」

「今のところ、大まかな方向だけですね。――いくつかの予測は立てていますが」

今回、ここに来るにあたり、私はこの火山の情報について、より詳細に調査していた。

――いや、『調査した』と言うのは、ちょっと烏滸がましかったね。

村を離れられない私は、師匠とレオノーラさんに『情報ありませんか？』と訊いただけだったし。

結果、師匠からは、この辺りの地形を記した地図が送られてきた。

とても予想外なことに。

どうやって手に入れたのか、かなり不思議だけど、それのおかげでサラマンダーが潜んでいそうな場所に目星が付いたので、非常に助かったことは間違いない。

さすがにレオノーラさんの方は、そんなに都合の良い情報はなく、その代わりとばかりに『頑張ってね！』というメッセージと共に、ダルナさん経由でサラマンダーの討伐に役立つ錬成具が送られてきた。

一応、それに頼らずとも斃せる予定なんだけど、持っていて損はないので、当然持ってきている。

ホウ・バールに関する情報などでもお世話になっているし、上手く斃すことができたなら、レオノーラさんにも多少素材を融通しないといけないだろう。

「つまり今向かっているのは、その目星を付けた場所なのだな？」

「はい。ただ、目標地点はいずれも火口近くなので、厳しいと思われたら、アデルバート様たちは無理をされないでくださいね？」

この場所でもかなり暑いのだ。これから更に山を登っていけば、火の魔力はますます強

くなり、気温も上昇していくだろう。

きっと、『暑い』が『熱い』になるのも時間の問題。

そのことを思っての忠告だったんだけど、アデルバート様は問題ないと首を振る。

「なに、多少年は食ったが、毎日の鍛錬は欠かしておらぬ。心配は無用だ」

う～ん、鍛錬でどうにかなるものじゃないと思うんだけど……。

アイリスさんがちょっと頑固なところがあるのは、父親譲りか。

カテリーナさんに視線を向ければ、苦笑して微かに首を振っているので、本当に危なくなれば、きっと彼女が止めてくれるに違いない……よね？


気温のことを除けば、私たちの登山は順調だった。

この地温で生息可能な生物はかなり限られる上、時々見かける溶岩トカゲは、こちらが手を出さなければ襲ってこない。

カテリーナさんとしては、その皮の価値、そしてケイトさんが弓で仕留めたことを聞いて、斃したそうにしていたけれど、そこはケイトさんたちが頑張って止めた。

斃したところで、その素材を持ってサラマンダー狩りもない。

アイリスさんの『帰りに余裕があれば狩ろう』という言葉で納得していたから、本当に余裕があれば狩ることになりそうだけど……その『余裕があるとき』って、サラマンダー狩りに失敗したときなんだよね。

上手くサラマンダーを斃すことができれば、私たちの手はサラマンダーの素材で埋まっているはずで。

溶岩トカゲを持ち帰る余裕なんて、あるはずもない。

準備はしてきたけど、サラマンダーだけでもすべて持ち帰れるか不安なんだから。

ちなみに、完璧に失敗したときは、余裕以前に私が生きていないので、考えるだけ無駄である。

「店長殿、そろそろ深刻なレベルで暑くなってきたように思うのだが……目的地はまだだろうか？」

そう尋ねたアイリスさんの真意は、アデルバート様の体調だろう。

周囲はかなりの気温に達しているが、対サラマンダー装備を身に着けている私たちは、さほど暑さを感じていない。

だがアデルバート様は、少し前からほとんどしゃべらなくなってしまっている。

カテリーナさんも辛そうだけど、アデルバート様ほどではなく、止めるべきかどうか、悩んでいる様子。

だが、さすがにこれ以上は命に関わる。

一応、短時間であれば熱対策が可能な、使い捨て錬成具は用意してきているけど、こちらは首尾良くサラマンダーを斃せたとき、その素材を運び出すために使う予定。

今使って無理をする意味は、何もない。

「もうそろそろ見えてくると思いますが、アデルバート様とカテリーナさんは戻って、野営の準備をしておいてもらえますか？　さすがにこの辺りでは寝られませんし」

戦いの後、そのまま帰路につくのはまず不可能。

一日ぐらいは休息が必要だが、この辺りの地面の熱では、フローティング・テントを使ったとしても身体は休まらないだろう。

テントに付けた空調機能も、さすがにここまで熱い場所には対応していない。

「……うむ、そうだな。意地を張る意味もないか」

私が仕事を頼んだことで吹っ切れたのか、アデルバート様は顔を上げて軽くため息をつき、アイリスさんの顔をしっかりと見つめた。

「アイリス、儂は引き返すが、気を引き締めてサラサ殿を守れよ！」

強く肩を叩くアデルバート様に、アイリスさんもまた力強く頷き、返事をした。

「はい！　お任せください、お父様！」

そんな二人を見て、カテリーナさんもケイトさんに向き直り、少しだけ心配そうな色が混ざった笑顔で、ケイトさんを抱きしめて激励する。

「ケイトちゃんも、無理しすぎず、頑張りなさい」

「解ってるわ、ママ。期待してて」

アデルバート様たちが、フローティング・テントや簡易トイレなど、サラマンダー討伐には不要な錬成具を担いで山の麓へ引き返すのを見送ってからしばらく。

私たちは最初の目的地へと辿り着いていた。

「この洞窟が、一番近い場所です。……が、残念ながら、ここではないようですね」

師匠から貰った地図とアドバイスを参考に、私が目星をつけたのは三カ所の洞窟。

サラマンダーが、デデンと地表に陣取っているのなら、魔法での感知を参考に進めば良いだけなんだけど、残念ながらそこまで単純ではない。

一般的なサラマンダーの生息地は、このような場所にある洞窟の底、火口の傍、そして場合によっては、溶岩が流れる川など。

魔法で感知した方向に単純に進んだところで、辿り着けるとは限らない。

地面をまっすぐ掘り進めるなら別だろうけど、そんなのは不可能だしね。

「むぅ、そうか。上手くいかないな」

「アイリス、まだ一カ所目が違っただけでしょ。それで上手くいかないって言うのは贅沢じゃない？」

「だが、ケイト。運搬のことを考えるとな……」

渋い表情を浮かべるアイリスさんの言う通り、山の中を長距離、しかも暑さを我慢して荷物を運ぶというのはなかなかに厳しい。

地熱の関係でこの辺りに木々は生えていないが、決して歩きやすい道があるわけではなく、アデルバート様たちには私たちのような防熱コートがないのだ。

そのことをケイトさんも考えたのか、しばし瞑目して口をへの字に曲げたが、ふぅと息を吐いて肩をすくめた。

「そこは頑張るしかないでしょ」

「幸いなことは、サラマンダーの存在自体は、ほぼ確実だということですね」

これで、実はサラマンダーなんていませんでした、となってしまうと、すべての準備は無駄になり、予定が崩れてしまう。

そして私も、アイリスさんたちと共にほぼ破産状態に……。

おぉう、ホント、サラマンダーがいて良かった!!

「普通なら厄介な魔物なんだけど、今回は救世主よね。——無事に斃せれば、だけど」

「そうだな。サラマンダーがいなければ、当家はどうなっていたか……。斃すのは店長殿頼りなのが情けない限りだが」

「そのあたりのことは、気にしなくて構いませんよ。別に私も、タダで協力するわけじゃありませんし。——お金、返してくれますよね？」

準備でかなりの持ち出しがあるので、返済がないと、ちょっとピンチ？

サラマンダーがどれぐらいで売れて、ロッツェ家の借金を返済したときに、どれぐらい残るか次第だけど。

「もちろんだとも！　必ず返済する」

「ええ、当然。……ただ、返済期間だけは、ちょっと、その、大目に見てもらえたら、ありがたいんだけど」

「それは、仕方ないでしょうね。無理をしない範囲で構いませんよ、もちろん」

申し訳なさそうなケイトさんに、私は頷く。

でも実際、どれくらいで返済してもらえるのかな？

元の借金額だけでも、普通の人なら返せないような額なのだ。

う～ん、下手したら、引退するまでタダ働き……いや、平均的な採集者なら、それでも厳しいかも？

普通の人が一生必死に働いて、生活費を一切使わなかったとしても、何度か生まれ変わらなければ返済できないような額だからねぇ。

腕の良い採集者であれば、一般庶民よりは余程稼げるとは言っても……。

もっとも、その間、アイリスさんたちと一緒に暮らしていけるのであれば、それはそれで楽しいとは思うんだけどね？

◇　◇　◇

「そろそろ二カ所目に着きますが……これは、当たりですね。ここからでも判ります」

視線の先に見えてきた洞窟。

そこから流れ出す魔力に、私はアイリスさんたちを振り返って頷いた。

三カ所目の洞窟は少し遠いので、ここで当たりを引けたのは幸運かもしれない。

「そうなの、か？　私にはさっぱりだが。ケイト、判るか？」

アイリスさんは訝しげに首を捻るが、ケイトさんは曖昧ながらも首を縦に振った。

「少しだけ……？　これって、魔法を練習している関係かしら？」

「ですね。ケイトさんは以前より、魔力に対して鋭敏になっていると思いますよ」

それこそが魔力を使う上で重要なこと。

この調子なら、たぶんもう少しすれば、魔法を使えるようになると思う。

魔法を発動するという感覚が掴めず、躓き挫折する人は多いので、ケイトさんの訓練は順調と言って良いんじゃないかな？

そこから実用的な魔法に至るまでには、もう何段階か越えるべき壁はあるが、そこは努力でなんとかなる範疇。

教えていて実感したけど、ケイトさんはかなりの努力家なので、その部分に関してはまったく心配していない。

「二人が言うのなら、間違いはないのだろうな。では、いよいよサラマンダーと対峙するわけだな」

そう言うアイリスさんの表情はやや強ばり、握りしめられたその手をよく見れば、僅かに震えている。

そんなアイリスさんほどではないとはいえ、ケイトさんの方も緊張した表情で張り詰めた空気を漂わせ、弓を強く握りしめていた。

正直、その緊張感が私にも伝染しそうなので、できればもうちょっとリラックスして欲しいところ。

ほどよい緊張感は必要だけど、緊張しすぎれば動きが硬くなってしまう。

「アイリスさん、怖いですか？」

「ああ。正直に言ってしまえば、かなり、な。まったく勝てない敵に挑むのだ。このような戦い、初めてのことだからな」

「いえ、戦わないでくださいね⁉　あくまで時間稼ぎと援護だけで。アイリスさんが正面から接近戦を挑んだりしたら、その装備ではまったく能力不足ですからね？」

腰の剣に手を当てて答えるアイリスさんに、私は慌てて首を振った。

多少なら溶岩が掛かっても大丈夫、というレベルの防熱性能があるこのコートだけど、サラマンダーの攻撃に耐えられるかといえば、決してそんなことはない。

ブレスに何度か耐えることはできるだろうけど、単純な防御力という面では、『丈夫な革のコートよりも多少マシ』という程度。

素材の革は硬さよりも耐熱性を引き出しているので、溶岩トカゲが生きているときに発揮する、剣を弾くような強度は存在しないのだ。

接近戦でガンガンやり合ってサラマンダーの攻撃を喰らったりしたら、あっさりと破けるだろうし、そうなれば周囲はかなりの高温。

一気に体力は失われ、その状態でブレスを喰らえば、そこでおしまいである。

そもそもアイリスさんの武器では攻撃した方が壊れるので、まったく意味がない。

間違っても、その手にかけた剣を抜いたりはしないで欲しい。

「それは解っているのだが……」

解ってはいても落ち着かない。

そんな様子で剣から手を離したアイリスさんに向かって私は微笑み、胸を張る。

「大丈夫です。苦戦することはあり得ません」

「む、そうなのか？　店長殿は攻撃魔法が得意でないと言っていたと思うが……？」

「得意じゃないのは本当ですが、使えないのとは違うんですよ？」

師匠曰く、私の場合は『保持している魔力が大きすぎる』らしい。

通常、魔力というものは、魔法の訓練を積むに従って次第に成長していく。

正しい訓練を積んでいれば、それに伴って制御力も成長していき、自身の魔力が制御できずに困る、なんてことは起こり得ない。

でも、私の場合、最初に持っていた魔力が大きすぎたらしい。

それ自体は錬金術師としてとても有利なことなのだが、こと魔力の扱いという点に於いては、このメリットがデメリットに変わる。

制御力は確かに成長しているのに、魔力も一緒に成長してしまうので、いつまで経っても十全に制御ができない。

いうなれば、巨大なワイン樽から小さなグラスに直接ワインを注ぐようなもの。

ワイン樽を持ち上げるだけでも大変だし、それを繊細に動かして、こぼさないように注ぐのも難しい。頑張って筋力を増やしても、筋力に比例して樽まで大きくなってしまえば、どうしようもない。

ワインボトルから注ぐことと比較すれば、その難易度の差は明確だろう。

「だから私も、師匠のところに弟子入りした当初は結構失敗して、迷惑をかけていたんですよね」

「へぇ、店長さんが？　私、店長さんって失敗しないってイメージを持ってたわ」

ケイトさんは意外そうに言うが、私は首を振って苦笑する。

「そりゃ、一応は一人前と認められてますからね、今は。きちんと資格を持っているわけですし。二人に会ったのはその後のことですから」

資格取得前と資格取得後。

その成功率が同じわけもないし、曲がりなりにも店を構えている錬金術師が、そうそう失敗している姿を見せるわけにもいかない。

作り慣れた錬成薬類ならともかく、初めて挑戦する物では、今だって失敗することもあるのだ。あえて言わないだけで。

「まぁ、師匠から貰ったこの錬成具のおかげで、ずいぶん楽にはなりましたけどね」

そう言って、私が首元から引き出したネックレスを掲げれば、アイリスさんたちは興味深そうに、そして不思議そうにまじまじと見つめた。

一見すると普通のネックレスに見えるけど、その実、滅茶苦茶高価なのだ、これ。

「店長殿、これは？」

「私の魔力の、出力上限を抑制する錬成具です。先ほどの例で言うと、ワイン樽からドバッと溢れたりしないよう、しっかりと蓋を閉めて、ほどよい注ぎ口を作る物、と言ったところでしょうか」

さすがに普段の作業であれば、これがなくてもなんとかなるけど、やっぱりあるとないとでは全然違う。

ちょっとだけ魔力を使おう、と思う状況ならまだ良い。

でも、ある程度たくさん魔力が必要な状況になると、なかなかに難しいのだ。

たくさん魔力を出しつつ、それでいて出しすぎないように、という調整が。

そして、攻撃魔法や大量の魔力を使う魔法の場合、これが非常に重要になってくる。

普通の人だと、調整する必要もなく、思いっきり出せるだけ出せば良いみたいなので、その点はちょっとうらやましい。

「ということは、店長さんはその錬成具（アーティファクト）を外すと、強力な魔法が使えるようになるの？」

「はい。ただ、制御に問題が出るので、全力で使うことしかできません」

「それが『得意でない』ということなのか？」

「ですね。一定以上の規模の魔法になると、この錬成具（アーティファクト）をつけていると使えませんし、外したら外したらで、半ば暴走気味になりますし……まぁ、練習不足という言葉に集約されるんですが」

けど、言い訳をさせてもらうなら、私は錬金術師なのだ。

軍に所属するような魔法使いとは違（ちが）い、ドッカン、ボッカン、やるのが仕事ではない。

錬金術師に必要なのは、安定して魔力を操作できること。

瞬間（しゅんかん）的な高出力を求められることなどないし、少なくとも私が行えるレベルの錬成では、錬成具（アーティファクト）をつけていて出力が足らずに困ったことなどない。

そして、その出力で使えないような攻撃魔法を練習する機会なんて、普通はない。

はっきり言って、威力（いりょく）がありすぎて近所迷惑すぎるから。

ロレアちゃんにチクリと言われた、裏の森が更地（さらち）になったことなど可愛（かわい）いレベル。

まさか、軍の訓練場を借りることもできないしね。

「まぁ、暴走と言っても、魔力を使い切ってしまうだけですから、心配は不要ですよ」

「『動けなくなる』というのは、そういうことか」

「はい。そんなわけですから、伸るか反るか。成功してあっさりと斃せるか、失敗して逃げ帰ることになるか。そのどちらかです。やり直しはありません。安心してください」

「それは、安心して良いの……？」

「もう少し頑張れば斃せるかも、とか思いながら戦う必要がないのは、安心できるポイントじゃないですか？」

魔法で斃せなかった時点で、逃げを打つ決断ができるのだ。

中途半端に攻撃が効いたりしない分、躊躇が必要なくて良いよね？

「そのときは、私を抱えて逃げてもらわないといけないのですが……さすがに、私の魔法を喰らって無傷ってことはないと思いますし、問題なく逃げられる、と思います。危なければ、置いていってもらっても良いですし？」

強力な魔法を使う私を放置して、脅威になりそうもないアイリスさんたちの方を追いかける、なんてことはないだろう。

動けない私でも、囮としては十分に役立つと思う。

「そんな状況で、店長殿を置いていけるか！　当家の事情に店長殿を巻き込んだようなものなのだ。何があっても店長殿は無事に帰す。そこは安心してくれ」

「その場合は私が足止めするわ。店長さんを運ぶのは、体力的にアイリスの方が適しているでしょうし」

「あ～、いや、ほぼあり得ないですから、そんな覚悟を決めなくても……」

半ば冗談で言った言葉に、思ったよりも真剣なアイリスさんの言葉と、やや悲壮感すら感じさせるケイトさんの表情が返ってきて、申し訳なくなってしまう。

「危ないときには、預けている氷結石を遠慮なく、すべて散蒔いてくださいね？　それで少しは足止めができますから、その間に逃げましょう」

攻撃手段を持たないアイリスさんたちのために、今回私が用意したのが〝氷結石〟と〝氷結の矢〟の二つ。

氷牙コウモリの牙などから作ることができる、使い捨ての攻撃用錬成具。

レオノーラさんから送られてきたのもこれである。

基本は牽制用だけど、かなりの余裕を見て用意してあるので、私の計算が間違っていなければ、逃げ帰ることになったときでも、それなりの数が残っているはず。

それに加えて、レオノーラさんがくれた予備もあるのだ。

あまり心配する必要はないはず……？

「氷結石か……この石一つで、三〇〇〇レアを超えるんだよな？」

「はい。店売り価格は三五〇〇、ケイトさんの持つ氷結の矢が四〇〇〇ですね」

「それがこんなに……」

ケイトさんは自分が背負った矢筒に詰め込まれた矢と、アイリスさんが担いだ革袋を見て、ため息をつく。

「凄く贅沢な武器だよな」

「まぁ、普通の採集者は使いませんね。上手くしないと赤字ですし」

こんな物を消費しながら戦うとか、どう考えても普通じゃない。

ほとんど金貨を武器に攻撃しているようなものなのだから。

私もこんな状況じゃなければ、『まだ実力不足』と、戦いは控えるところ。

だが、それを押しても、なんとかしたいことがある。

ただそれだけのことなのだ。

「さて、そろそろ目的地が近いようですよ」

洞窟の先に見えてきた、やや広い場所。

それを確認して足を止めると、私はアイリスさんたちに注意を促す。

そしてネックレスを外すと、丁寧に布に包み、ポケットへと大事に仕舞う。

師匠はあっさりとくれたこの錬成具だけど、そのお値段はなかなかにとんでもない――いや、作ること自体がかなり難しい代物なので、万が一壊れたりしたら、サラマンダーを斃せたとしても、おそらくは赤字。

それぐらい高価な錬成具なのだ。

本当なら、アデルバート様たちに預けておきたかったけど、道中で他の魔物と遭遇しないとも限らないし、その時、私が魔法を使えないのも困るから仕方がない。

「い、いよいよ、か」

「緊張するわね」

氷結石の詰まった革袋を握りしめるアイリスさんと、弓を構えるケイトさんを見て、私は一つ頷くと、広場へと足を踏み出した。

そこは周囲が赤く染まった広い空洞だった。

正面に広がる溶岩の池と、そこから放射される強い熱は、防熱装備で身を固めていても、私たちの顔を灼く。

幸いなのは、動き回れるだけの足場があることか。

これで溶岩の面積がもっと広ければ、戦うどころではなかったことだろう。

「サラマンダーはどこに――」

「来ますよ！」

見当たらない敵の姿を探して周囲を見回したアイリスさんに、私は鋭く注意を促す。

その直後、溶岩の表面が膨れ上がったかと思うと、そこを突き破って巨大な生き物が飛び出してきた。

溶岩をまき散らしながら上空へと飛んだそれは、ズシンと重い音を立てて、地面へと降り立つ。

その姿はトカゲのようでもあるが、同じトカゲでも、どこか愛嬌があった溶岩トカゲとは異なり、全体が鋭角的で凶悪さを感じさせる。

体高はアイリスさんの身長ほど、頭から尻尾までの長さは五メートルを優に超える。

その身体から発する熱の強さに、ゆらりと陽炎が立ち上り、体表の上を流れるのは、溶けた岩石。

看板に偽りありの溶岩トカゲに対し、サラマンダーは本当に溶岩の中を泳げるのだ。なんの準備もしていなければ、近づくだけで焼き尽くされる。

そんな魔物がサラマンダーである。

「くっ！　なんて生物だ!!」

「魔物ですからね。二人とも、打ち合わせ通りにお願いします！」

「解ったわ！」

説明はしていたが、実際にその姿を目にしてやや怯んだ様子を見せるアイリスさんたちに声を掛けると、二人は気丈にもすぐに動き始めた。

アイリスさんが左、ケイトさんが右。

最初、正面に残った私に対して注意を向けたサラマンダーだが、アイリスさんの手から放たれた氷結石がその頭にぶつかると、そちらの方向へとゆっくりと頭をもたげた。

私はそれを確認し、意識を集中、呪文を唱え始める。

《――凍てつく大地からの風》

アイリスさんは自分に向けられた視線にも臆することなく、革袋から氷結石を掴み出し、その頭付近を狙ってぶつけていく。

かなりの速度で投げつけられている氷結石だが、サラマンダーの巨体からすれば、それは少々小さい。

しかしその本質は、そこに込められた魔力。

ぶつかると同時に光を放ち、その周囲を凍り付かせる。

だがそれも一瞬。

体表が凍ったかどうかも判らないうちに、氷は白い湯気となって消える。

実際、ダメージはほとんどなさそうなのだが、煩わしいことは間違いないようで、サラマンダーはアイリスさんの方へ身体を向けると、ゆっくりと足をたわめ——跳んだ。

「くっ！」

ズガンッ!!

その巨体からは想像できないほどの速度。

矢のような速さで跳ねたサラマンダーは、慌てて転がったアイリスさんの横を疾り、大きな音を立てて壁面を破壊した。

「止まりもしないのか、此奴！」

僅かも減速する様子を見せず、頭から壁に突っ込んだサラマンダーは、ガラガラと岩を振り払いつつ、ゆっくりと方向転換。

再度、アイリスさんと対峙した。

自爆——になっているのかは不明だけど——を恐れず、一切速度を落とさずに頭から突っ込んでくるとか、アイリスさんじゃなくても悪態をつきたくなる。

あの速度で岩に突っ込んだら、普通は怪我するよねっ⁉

まったく無傷なんだけど！

「アイリス！」

サラマンダーとアイリスさんの距離は近い。

氷結石を投げるべきか、アイリスさんが一瞬悩む様子を見せた時、今度はやや離れた位置からケイトさんの矢が放たれた。

その速度はアイリスさんが手で投げる氷結石よりも数段速く、氷結の矢の効果もあってサラマンダーの身体に突き立つが、それも瞬きするほどの間。

氷の蒸発する白い湯気が見えるかどうか。

矢柄も含めて、ポッと一瞬で燃え尽きる。

《——音すらも許されぬ深沈たる暗夜》

だが、投石に比べると痛かったのだろう。

サラマンダーは「グルルルゥ」と不快そうに喉を鳴らすと、アイリスさんに向けたものよりも、若干鋭そうに見える視線をケイトさんへと向けた。

――どう動く？　再び、跳ぶ？

距離的にはやや遠い。

けれど、先ほどの速度を考えれば、たぶん届く。

そのことはケイトさんも気付いているのか、弓を構えつつも緊張感を漲らせ、すぐに動けるような体勢をとっている。

だが、サラマンダーの行動は異なった。

その場に足を止めたまま、やや上向きになって大きく息を吸い込み始める。

サラマンダーの喉が曝されて、その傍にはアイリスさん。

普通なら、攻撃の好機。

けどもちろん、私たちにとってはまったく別の話。

当然のように、アイリスさんは飛び込んだりはせず、逆に慌てて距離を取ると、急いでフードを深く被り直す。

そしてそれは私とケイトさんも同じ。

その上で、各自が持っている氷結石を、目の前の地面に叩きつける。

それとほぼ同時にサラマンダーが頭を振り下ろし、大きく口を開けた。

溢れ出たのは、灼熱の炎。

みるみるうちに周囲の温度が上がり、皮膚がヒリヒリと灼ける。

吸い込む空気すら燃えているようで、喉が痛い。

くぅっ、誰だ！　サラマンダーを斃そうなんて言い出したのは!!

私だよ！　くそう。

アイリスさんじゃなければ、そして関わっているのがカーク準男爵じゃなければ、見捨ててたのに！

声を出したくない。

口を開きたくない。

でも、そんなわけにはいかない。

アイリスさんたちも頑張っているのだ。

《──すべての動きを止め、静謐を齎さん》

私は押し出すように、呪文を続ける。

サラマンダーのブレスが長い。

これって、一般的なサラマンダーなの？

もし違ってたら、師匠の『一般的な強さなら大丈夫』という言葉が揺らぐ。

そのことに些か不安を覚えつつ、追加で氷結石を放り投げる。

僅かに呼吸が楽になる。

一個三〇〇〇レア。

ノート一冊、インク壺一つ買うのに悩んでいた私も、成長したものだ。

アイリスさんたちも変に節約したりせず、使ってくれたら良いけど……。

「アイリス！　大丈夫⁉」

「問題ない！　ちょっと痛いだけだ！」

サラマンダーのブレスは私たちがいるこの空間、ほぼすべてを満たしたが、距離的に一番近かったのはアイリスさん。

それを心配してか、ケイトさんから声が掛かるが、戻ってきたアイリスさんの声はやや掠れながらも、思った以上に張りがあった。

少し心配だけど、今私にできるのは、早く魔法を完成させることだけ。

投石と射撃を再開した二人の姿に逸るものを感じながら、それでも丁寧に魔法を構成していく。

気持ちは急いても、失敗は許されない。

自分の魔法にすべてが懸かっているのだ。

《──荒ぶる者に静かなる眠りを》

そして、最後の言葉が完成するや否や、私は片手を上げる。

それを確認した瞬間、アイリスさんは革袋の中から目一杯の氷結石を掴みだし、ケイトさんはポケットに入っている氷結石を取り出して、同時に放り投げた。

瞬間、吹き荒れる冷たい空気。

それも僅かな時間で熱せられるが、それで十分だった。

アイリスさんたちが走り、私の背後へと回る。即座に魔法を発動。

《――氷結の棺（フローズン・コフィン）!!》

ゴウゥゥゥゥゥ――――!!

その言葉と同時に、サラマンダーを中心に吹き荒れる、凍てついた風。

先ほどの氷結石の時とは比較にならないほどの冷気が、周囲を満たした。

防熱コートを着ていてもなお熱かった辺りの空気は、みるみるうちに冷えていき、地面には霜が降り始める。

赤熱していた溶岩の池も色を失い、次第に黒く固まっていく。

そして、魔法の対象となっているサラマンダー。

その周囲からはもうもうと白い湯気が立ち上り、アイリスさんたちを追いかけようとしていた足の動きは、まるで平時の溶岩トカゲのように、ゆっくりとしたものになっていた。

「……こ、これほどまでとは」

「ここにいても、寒いほどね」

私の少し後ろに立ち、変わっていく景色に感嘆の声を上げる二人。

次第に周囲が氷に閉ざされ始めている現状。

どこか幻想的ですらあるその光景に、気持ちは解らないでもない。

でも、実のところ、私の方はそんなに余裕がない。

「ちょっと……マズいかもしれません」

冷や汗を垂らす私に、アイリスさんたちが意外そうな表情を向ける。

「え、そうなのか？」

「成功、じゃ、ないの？」

ぐんぐんと消費されていく魔力。

このままでは魔力が空になる。

それ自体は予想通りだから問題はない。

予想外なのはサラマンダーの現状。

事前の想定では、この段階で既にサラマンダーは凍りついていて、最終的には〝サラマンダー in 氷塊〟が出来上がる予定だったのだ。

だが実際は、サラマンダーから未だに蒸気が立ち上り、私の魔法に対抗している。

動きこそ止まっているが、氷付けには程遠い状態。

「斃しきることができれば良いのですが、魔力が持つか……」

お持ち帰りを考えるなら、完全冷凍が望ましい。

瞬間冷凍なら、劣化も抑えられて更に言うことなし。

でもこのままだと、凍死まで持っていけるかどうかすら、ちょっと心配になってきた。

「むむむ……何かできることは……あ、錬成薬、錬成薬はどうなのだ⁉」

「ははは……それは、焼け石に水。手持ちの錬成薬など、私の魔力量の前では雀の涙です。そう、まるでサラマンダーに水を掛けるがごとし」

師匠ですら驚く私の魔力量。

それを大幅に回復できる錬成薬があったら、それだけで借金が返せるかもしれない。

まぁ、それだけの魔力量がありながら、サラマンダー一匹斃しきれていないあたり、私の効率が悪いんだろうねぇ。

錬金術関連なら自信があるんだけど、慣れない攻撃魔法だからね、これ。

「……実は店長さん、余裕ある？」

「いえ、無我の境地？　焦っても魔力の残量は増えませんし。――そろそろ、撤退の準備、しておいた方が良いかもしれません」

魔力の残りが少ない。

サラマンダーの身体から立ち上っていた白煙は収まり、その表面には氷が張り始めているけど、息の根を止めるまで魔力が保つかどうかは微妙。

ただ、動きは止まっているので、ケイトさんが足止めなどしなくても、無事に逃げられそうなのは幸いかな？

「くっ、ここまで来て！　あ、あんな奴に嫁ぐなどゴメンだぞ！」

「そうね、アレは私も賛成できないわね」

実はアイリスさんとケイトさん、鹿狩りに実家へ戻った時、運悪くホウ・バールと遭遇してしまったみたいなんだよね。

アデルバート様は既に婚姻を認めるつもりなどなかったが、時間稼ぎのためにもそれを言うわけにもいかず、無難な対応に終始するしかない。

結果、まるでもう結婚したかのような馴れ馴れしい、それでいて上から目線な態度で接してくるホウ・バールに、二人ともかなりのフラストレーションを溜めて戻ってきた。

その不満を聞かされただけの私でも、『それはちょっと……』と、うんざりしたので、直接対応する羽目になった二人は、本当に大変だっただろう。

そして、もし結婚するようなことになってしまえば、アイリスさんはそんな相手と夫婦生活を送る羽目に陥り、ロッツェ家に仕えるケイトさんの方も、それが主人となる。

共に『絶対に嫌だ！』という感想を持つのは、必然だろう。

「――っ！　店長殿！　この氷結石、全部使っても良いだろうか⁉　もちろん費用は私が負担する！」

「もちろん構いませんが、どこまで効くかは――」

「それでもやらないよりはマシだ！」

私の魔力も残り僅か。時間もない。

答えを聞くや否や、アイリスさんは数個ずつ氷結石を摑み出しては投げ、摑み出しては投げ。ケイトさんもまた、残っていた氷結の矢をすべて射かけてしまうと、アイリスさん同様、氷結石を投げ始めた。

かなりの余裕を持って準備していた氷結石も、そのような使い方をすればみるみるうちに在庫が溶けていく。

だが、既に凍り始めているサラマンダー、先ほどまでのような熱量は持っていない。

氷結石の在庫は溶けるが、その代わりにサラマンダーの上に氷を形成し、確実にその層を厚くしていく。

そして、その在庫が尽きるのとほぼ同時、私の魔力もまた同様に尽き、吹き荒れていた氷雪が止まる。

訪れる静寂と、襲い来る疲労感。

全身の力が抜け、崩れ落ちた私を、すぐさまアイリスさんが抱え上げ、広場の入口付近まで後退。そこで、じっとサラマンダーを観察する二人。

役立たずになった残り一人は抱き抱えられたまま、ただじっとアイリスさんの真剣でイケメンな顔を見上げるのみ。

ちょっとしたヒロインポジションの女の子——そう、私である。

しばらくは、まともに身体が動かないからね！

くそう。これで性別が違えば、ちょっと良い感じの雰囲気に——いや、ないか。

ロマンスをするには場所も悪い。

先ほどまでは焼けるような高温で、そして今は凍りつくような低温で。

防熱装備なしでは活動不能な場所であることを、忘れてはいけない。

見ようによっては、とても幻想的な光景が広がっているんだけどね。

氷に閉ざされた広場に、今にも動き出しそうなサラマンダーという、ね。

「……斃せた、のか？」

「どう、かしら？　店長さん、どう？」

用心して、ひとまず逃げるべきか、それとも逃げる必要はないのか。

無事に斃せているなら、回収に取り掛かる必要もあるわけで。

その判断に迷うケイトさんが、私の顔を見下ろしてそう尋ねるが、私は力なく首を振って答える。

「すみません、普段なら判るんですが、魔力が枯渇した今の状態では……」

相手の〝存在〟を確認する方法は、大まかに二つ。

魔力を感知する方法と、生命反応を探る方法。

前者は遠くからでも判るという利点があり、普段私が敵の存在を感知しているのも、こちらの魔法である。

しかし今この空間には、強力な魔法と氷結石の大量消費で魔力が充満している。

この状態で相手の発している魔力を識別することは難しいし、そもそも魔物の素材には魔力が多分に含まれている。

死んだからといってすぐに魔力が霧散するわけではなく、逆にそんなことになってしまっては、錬金術の素材としての価値もなくなる。

それに対し、生命反応を探る魔法であればそれらの影響はないのだが、近距離でしか使えないという欠点がある。

だがそれも、この距離であればまったく問題はない。

とはいえ、私自身の魔力がない今の状態では、その魔法を使う余裕もないのだが。

「「……」」

無言で待つこと、しばし。

私の魔法は思ったよりも威力があったようで、黒く固まった溶岩が再び赤熱することも、周囲の氷が溶けて水になる様子もない。

でもこれは、攻撃対象以外にも無駄に威力をまき散らしているからこそで、非常に効率が悪かったとも言えるんだけど。

「……店長殿。近付いても大丈夫だろうか？」

しびれを切らし始めたらしいアイリスさんに尋ねられ、私は悩む。

安全第一と考えるなら、今日はこのまま引き返し、私の魔力が回復しきった後で、もう一度来るのが最善。

死んでいれば何も問題なし。

生きていても、私が回復していれば逃げることができる。

「なので、このまま一度戻るのが良いと思いますが……」

「生死の確認もせずにか？」

私の顔と凍りついているサラマンダーを見比べ、ちょっと不満そうなアイリスさん。

ほぼ完全に氷で覆われているから、死んでいる可能性は高い。

この状態で帰り、私の回復を待つのがもどかしいというのも、理解できる。

理解はできるけど――。

「すっきりとしないのは同意しますが、安全性を担保できない以上、賛成はできません。今日のところは耐えて、引き返しましょう」

「そう、か」

アイリスさんは迷うようにケイトさんに視線を向けるが、ケイトさんもため息をつきつつ、首を振ったのを見て、諦めたように息を吐いた。

「そうだな。もしサラマンダーがまだ生きていれば、店長殿も危険に曝すことになる。ここは我慢のしどころか」

「はい、私、動けませんからね」

私としてはアイリスさんの方が心配なんだけど、私がいることで自制してくれるなら、足手纏いも良い。

私がアイリスさんの首に手を回して身体を預けると、アイリスさんは苦笑してサラマンダーに背を向けた。

「では帰ろう。今日は私たちが無事であること、それを喜ぶとしよう」

「ええ。サラマンダーと戦い、無事に生き残った。それだけでも価値があるわ。……使った費用については、ちょっと考えたくないけど」

空になっている革袋と矢筒を見て、なんとも言えない表情を浮かべるケイトさんに、アイリスさんもまた顔を曇らせた。

「それは言わないでくれ。負担するとは言ったが、私たちが摑んで投げた氷結石、その一回だけでも、私たちの一日の稼ぎより多いんだから……」

「安心してください、アイリスさん」

「店長殿……！　もしかして、免除――」

表情を輝かせるアイリスさんに、私は頷いて、にこりと微笑む。

「割引価格を適用してあげます」

「店長殿……」

費用を負担すると言ってくれた以上、遠慮はしない。

私、貧乏性なので。

一転、情けない表情になったアイリスさんを見て、私とケイトさんは顔を見合わせてクスリと笑う。

実際のところ、サラマンダーがちゃんと斃せていれば、氷結石のコストぐらいは大した問題ではない。

そしてその結果が判るのは、明日以降。

私たちは後ろ髪を引かれつつ、凍りついたまま動かないサラマンダーに背を向けて、麓で待つアデルバート様たちの所へと向かったのだった。

Alchemy Item Catalog

No. 008

錬金術大全：第七巻登場
作製難易度：ハード
標準価格：1,800,000レア～

〈魔晶石破砕機〉

見習いの時、延々と屑魔晶石を砕く作業をさせられませんでしたか？とても面倒ですよね、あれ。これを手に入れられるあなたは、すでにそれを押しつけられる弟子がいるかもしれませんが……そんな負の連鎖は断ち切りましょう！手作業よりもずっと速く屑魔晶石を粉砕、人工魔晶石の作製をサポートします。自分はやったんだから、とか言っていると、弟子に嫌われますよ？

epilogue

エピローグ

「やっと、落ち着いたね」

「ですねぇ……」

ここしばらく続いていたドタバタにようやく目処が付き、私とロレアちゃんは店舗スペースでのんびりとお茶を楽しんでいた。

今日のお茶菓子は、先ほどロレアちゃんが焼いてくれたナッツ入りのクッキー。

トラブル解消のお祝いも兼ねて、やや贅沢にバターと砂糖を使ったそのクッキーは、まだほんのりと温かく、とっても美味しい。

正直、ロレアちゃんはこれで商売ができるんじゃないかな、と思うぐらいだけど……この村じゃ無理か。

原価を考えると、村の人ではそうそう食べられないだろうし。

「ロレアちゃんにも、迷惑をかけたね」

「いえ、私にできたのは、店番ぐらいで……」

恐縮するように首を振るロレアちゃんの手を取って、私はその言葉を否定する。

「それがありがたいんだよ。私の本業は錬金術師。お店を任せられなかったら、他のことをする時間も取れないんだから。本当に、助かったよ」

「そう言って頂けると、嬉しいです」

照れたように笑うロレアちゃんを見ながら、私はここしばらくのことを思い返した。

あの時、無事に斃せたかどうか不安だったサラマンダー。

翌日、私の魔力が概ね回復した頃を見計らって確認に向かえば、幸いなことにサラマンダーはしっかりと息絶えていた。

私たちが行った時には、程良く半解凍ぐらいの状態になっていたので、使い捨て防熱装備で一緒に来ていたカテリーナさんたちの手も借り、その場で解体、不要な部分を廃棄して再度完全冷凍、全員で分担して荷物に詰め込んだ。

それでも持ちきれない分は、万が一に備えて持ち込んでいたフローティング・ボードを組み立て、それで運搬することになった——私が魔力を垂れ流しながら。

作った時には死蔵することになるかと思ってたけど、予想外なところで役に立ったものである。——まぁ、またすぐに倉庫に放り込まれたんだけどね。

私ですら、家に辿り着く頃には、連日の魔力大量消費でヘトヘトになっていたほどだから、ホント、使い道に困る錬成具である。

もっとも、頑張って持ち帰った甲斐もあり、サラマンダー素材の大半は師匠によって無事に買い上げられ、私たちは十分な資金を手にすることに成功した。

それにより、ロッツェ家の借金はきっちりと返済できたわけだけど……残念ながら、すべてが順調とは言えなかった。


結論から言ってしまえば、ほとんど『借金の債権者が私に替わっただけ』にすぎない状態になってしまったのだ。

まず、サラマンダーの素材を売った報酬。

その役割の違いから『五人で均等に分配』はないにしても、私としては、ある程度はアイリスさんたちにも配分し、それでトータルの借金額を減らすつもりだった。

でも、みんな、ほとんど受け取らなかったんだよね。

アデルバート様は『荷物を運んだ程度で大金を貰うことなど、騎士としてできぬ！』と、かなり強く固辞されたし、カテリーナさんは『そもそも、私たちの事情に巻き込んでしまったのですから』と同様の対応。

アイリスさんたちにしても、『錬成具はすべて店長殿が提供した上に、氷結石は私が負担すると口にしている。その上で、私たち専用に誂えた防熱コートやブーツを貰うのだ。それだけでも十分すぎる報酬だ』と言って、氷結石の代金をその報酬から支払い、現金として受け取ったのは僅かだった。

結果、ロッツェ家の借金返済は私の資金から行われることになり、それが借金の証文として、私の所にやってきた。

まぁ、その証文が意味を持つのも調停によってお金を取り戻すまで——と思っていたんだけど、残念ながらこちらも、思ったようにはいかなかった。

私の学校の先輩、侯爵令嬢である彼女の伝を頼って、借金に強い調停人を紹介してもらい、申し立てを行ったんだけど、敵も然るもの。

さすがは悪人だけあって、契約書類にはきっちりと細工がしてあったらしい。

そのせいで、簡単に『過払い金を取り戻す』なんてことはできず、結果、先輩からも謝罪の手紙が届くことになり、逆に申し訳ないぐらい。

よくは解らないけれど、返済済みだったことも悪い方向に働いてしまったようで。

国王としては、直臣が借金漬けになり、他貴族の陪臣のような状態になるのはマズいが、そうでないのなら貴族同士の契約にあまり口を突っ込むのも、これまたマズい。

簡単に言えば、『返済できたんなら良いじゃない？』という話である。

だからといって、返済前に調停に入ってしまうと、相手が時間稼ぎに出て、その間に領地に何をされるか判ったものではない。

アデルバート様が領地を留守にしているのだから、いくらでもやりようはある。

ただ、さすがは侯爵家から紹介された調停人と言うべきか、それともその背後にある侯爵家の威光と言うべきか、そんな状況でもかなり頑張ってくれたようで、ある程度のお金を取り戻すことには成功している。

もっともそのお金も、調停人に対する報酬の支払いや調停申し立ての費用、王都への旅費、滞在費などに消費され、実際に手元に残った額はあまりにも少なく……。

そんな結果ではあったけれど、アデルバート様には『何も問題はない。感謝している』と言ってもらえ、ホウ・バールとの結婚は完全破棄できたので、及第点かな？

ちなみにアイリスさんたちは今、それらの後始末で一時的に実家の方に戻っている。

たぶん今日あたり、戻ってくるはずなんだけど……。

そんなことを思いながらロレアちゃんのクッキーを嗜んでいると、お店の扉が開いた。

「いらっしゃ――お帰りなさい」

「あぁ、ただいま」

「ただいま戻りました、店長さん」

入ってきたのはアイリスさんとケイトさん。

予定通りに戻ってきたということは、面倒事も支障なく片付いたのだろう。

ここしばらくは晴れない日々が続いていた二人の表情も、久々に明るく清々しい。

「お疲れ様でした」

「あぁ、疲れた。まったく、あの商人は……おっ！　美味しそうなクッキーだな。どれ、一枚――」

テーブルの上を見て、手を伸ばしたアイリスさんから、クッキーを遠ざける。

「ダメです。まずは手を洗ってきてください」

「店長殿は、まるでお母様みたいだな……」

ちょっと口をとがらせながらも、素直に手を洗いに行ったアイリスさん、そしてケイトさんは、少しして荷物を置いて戻ってきた。

「よし、洗ってきたぞ！」

素直に手を洗ってこられては、私も拒否できない。

ちょっと惜しいけど、『さぁ！』とばかりに手を差し出したアイリスさんたちに、クッキーを渡す。

「――おぉ、美味しい！　さすがロレアだな！」

「そんな……サラサさんが提供してくれた、材料のおかげです」

「確かにこれ、お金、かけてるわね」

普段食べているロレアちゃんお手製のクッキーに比べ、コストがかかっていることを看破したケイトさんに、私も頷く。

「色々終わったことのお祝いです。今回は、なかなかに面倒でしたから」

私の言葉を聞き、追加のクッキーに手を伸ばしていた二人の動きが止まり、気まずそうな表情で顔を見合わせた。

「店長さんには、迷惑をかけてしまったわね。ごめんなさい」

「まったくだな。更に返しきれない恩ができてしまった」

「恩の方は気にしなくても良いですが、お金の方は返してくださいね？　無理な請求をしたりはしませんけど」

クッキーの入ったお皿を二人の方に押し出しつつ、言うべきことは言う。

せっかく錬金術大全の五巻に到達したのに、現状では資金不足で、そこに載っている物をほとんど作れていないのだ。

以前から貯めていた素材はあっても、それは必要な素材のごく一部。

すべての素材が揃っている錬成具はあまりない。

サラマンダー戦でお金、素材共にかなり放出したこともあり、アイリスさんからのお金が入って来ないと、作業もなかなか進められないのだ。

「もちろん返すとも！　……時間の方はかかるかも、だが」

「はい、お願いします。私の方も、先輩にお礼をしないといけないですから」

調停人を紹介してもらって、『ありがとうございます、助かりました』の言葉だけで済ますのは、さすがに申し訳ない。

親しき仲にも礼儀あり。

何かしらのお礼をするにも、先立つものは必要なのだ。

「あぁ、あれは本当に助かった。調停人を探そうにもウチにはまったく伝がなかったからな。そして、重ねて申し訳ないのだが、その方には十分にお礼を伝えておいてくれ。相手は侯爵家、しがない騎士爵であるウチでは礼状を送るのがやっとなのだ」

「そうね。金銭的には少し残念な結果だったけど、正式な裁定を出してもらえただけでも十分な価値があるわ。カーク準男爵から、おかしな難癖をつけられる余地がなくなったんだから」

「金を返しても、何を言ってくるか判ったものじゃないからな！　彼奴は！」

怒りを露わにし、握りしめた拳をテーブルに叩きつけようとしたアイリスさんは、そこにクッキーがあることに気付き、そっと手を下ろしてそれを摘まむ。

「ふふっ。そう言って頂けると、私としても急いで連絡をつけた甲斐があります」

いくら先輩たちが仲良くしてくれていたとはいえ、実家の侯爵家に直接連絡できるほど、私の立場は強くない。

それ故、遠く地方の町にいる先輩に連絡して、調停人の紹介をお願いして、そこから実家の方に連絡してもらって……と、なかなかに大変な作業ではあったのだ。

まともな手段で連絡したのでは時間がかかりすぎるため、転送陣も活用、師匠にも協力してもらっているので、そのコストたるや……。

普通なら、とんでもない金額である。

まぁ、師匠の方は、サラマンダーの素材を流したことで機嫌が良さそうだったので、問題はないと思うけどね。

「これで全部片付いたんですよね？　アイリスさん、どこか行ったりしませんよね？」

少しだけ不安に揺れる瞳で尋ねるロレアちゃんに、アイリスさんは晴れ晴れしい笑顔を向けると、深く頷く。

「うむ、安心しろ、ロレア。きっちり片付けてきたからな！」

「文字通りにね。無礼な商人の顎を砕いて」

「ええ⁉　殺しちゃったんですか？」

びっくりしたように身を引いたロレアちゃん。

そんなロレアちゃんを見て、アイリスさんが慌てて首を振る。

「こ、殺してない！　殺してはいないぞ？　……まぁ、しばらくはベッドから離れられなくなったかもしれないが」

ホウ・バールの方も後がないからか、かなり未練がましく色々と言ったようだが、借金の問題がなくなれば、下級とはいえ貴族と平民の商人。

文字通り、力尽くで追い出したらしい。

アイリスさんとアデルバート様の二人で。

「アレだと回復しても、バール家は……あ、ううん、なんでもないわ？」

ロレアちゃんの不安そうな視線を受け、曖昧に笑うケイトさん。

……うん、本当に生きているのかな？　ホウ・バール。

別に可哀想とは思わないけど。

「でも、凄い金額ですよね。今回の借金、この前、倉庫に積んであったお金より多いんですよね？　私には、想像もつきません」

「うむ。私たちだって、そんな額、見たことないぞ。自慢じゃないがな！」

ため息をつくように言うロレアちゃんと、何故か胸を張って言うアイリスさん。

実際、ロッツェ家が最初に借りた額はもっと小さかったのだから、見たことがないのは事実だろう。

一応、今回の返済にあたって、師匠から支払われたお金をアデルバート様に渡しているけど、額が額なので、使ったのは大金貨と白金貨。

それぞれ一〇万レアと一〇〇万レアの価値があるだけに、六千万レアを超える額でも手のひらに載るサイズの革袋でしかなかった。

その中をアイリスさんが覗いていれば、〝見た〟ことにはなるんだろうけど、ちょっと違うよね、ロレアちゃんの言う意味とは。

「アイリスさん、そんな大金、返せるんですか？　いくら採集者でも大変ですよね？」

「うむ、それなのだ。このままだと、私は一生、店長殿に返済を続けることになりそうだ。そんな長期間、ここで厄介になっていても良いのか、それが問題だな」

いや、アイリスさん。いつまで採集者を続けるおつもり？

結婚とか、するつもりはないんですか？

そもそも今回のことで、アイリスさんに使用した錬成薬も含め、すべての借金はロッツェ家名義に替わっているのだ。

アイリスさん、それにケイトさんだけで返済する必要はない。

「領地の税収からも返済されるので、さすがに一生ってことはないと思うけど……かなりの額ではあるわよね」

そう、それ。

いくら小さな領地とはいえ、そこから入る税収は普通の人が稼ぐ額とは桁が違う。

もっとも、それで簡単に返せるようなら、借金が膨れ上がることもなかったはずだから、あまり期待はできないんだけど。

「だがケイト、それはそれとして、店長殿には恩を返さねばロッツェ家の名が廃る」

「いえ、本当に気にする必要は――」

「それだけどアイリス、私に良い考えがあるわよ」

私も、ちょっとだけサラマンダーの素材を確保できているので、頑張った価値はある。

お金だけ返してもらえばそれで十分。

そう言おうとした私の言葉を遮るように、少し悪戯っぽく、にんまりと笑ったケイトさんが言葉を挟んできた。

「お、なんだ、ケイト。店長さんに恩を返せる考えか？」

「それだけじゃなく、借金も解決する、ナイスアイデアよ。ついでに言えば、アイリスの行き遅れ問題も」

「ほう、それは凄い！　聞こうじゃないか。──後者の問題は初耳だが」

身を乗り出したアイリスさんに、深く頷くケイトさん。

──なんだか嫌な予感がするよ？

「簡単なことよ。アイリスと店長さんが結婚すれば良いのよ」

「「……はい？」」

「…………ふむ」

困惑の声を上げた私とロレアちゃんとは違い、何故か考え込むアイリスさん。

え？　アイリスさん、女性だよね？

「えーっと、ケイトさん？　私、別に同性愛に偏見はないですけど、私自身は異性愛者ですよ？」

上流階級や神殿なんかでは、男女ともに珍しくないみたいだけど、ごく普通の家庭で育った平民である私には、少々縁遠い世界。

そちらに足を踏み入れる予定はない。

「大丈夫。嗜好なんて、案外変わるものよ？」

いや、それはどうだろう？

食べ物の好みとかならともかく──。

「悪くないな」

「えっ――!!」

「ちょ、アイリスさん!?」

「店長殿、私と結婚すれば、もれなく爵位が付いてくるぞ？　小さいとはいえ、領地もある。結構、お得だと思うのだが？　ついでにケイトも付けよう」

「え、私……？」

驚く私たちを尻目に、アイリスさんは何やらプレゼンを始める。

そして、まるでオマケのように付けられるケイトさん。

目を丸くしているけど、同情はしない。

原因を作った人だから。

「えっと、アイリスさん。私、爵位が欲しくて援助したわけじゃないんですけど……」

「だからこそだ！　もし爵位が目的なら、あり得ぬ話だ。そんな店長殿だからこそ、我が領地を任せられる！」

いや、任せられても……。

「それにあんな商人とは違って、店長殿と私の間には愛がある！」

「あーりーまーせーんー！」

「これっぽっちもか？　友愛もか？」

「うっ、それなら……ありますけど」

さすがにそれは否定できない。

なければ、手助けなんてしていない。

「ならば後は簡単だ。友愛を大事に育てて、情愛に変えていけば良い」

情愛⁉　なんだか、淫靡な響き！

いや、そもそも友愛の延長線上にある物なの？　情愛って。

「第一、ロッツェ家の跡継ぎはどうするんです。婿を取らないと困るでしょ？」

「養子という手もある。それに店長殿、錬成薬にはそれを可能とする物もあると、聞いたことがあるのだが？」

「え、そんな便利な物があるんですか？」

アイリスさんの言葉に、俄然身を乗り出すロレアちゃん。

なんで興味を示すの？

「いや、確かにありますけど……高いですよ？」

女同士、男同士でも子供が作れる錬成薬は確かに存在する。

でも、滅茶苦茶高価な錬成薬なので、実際に使えるのは継嗣が同性愛者で、対処に困った上級貴族ぐらい。

ちなみに、短期間で済む女同士の錬成薬よりも、長期に亘って妊娠期間が必要な男同士の錬成薬の方が高いんだけど……どうでも良いか。

「そこは、店長殿に縋るしかないのだが。作れたりはしないだろうか？」

「作れないですし、そもそも素材が高いので、コスト面ではあまり意味が……じゃなくて。結婚しませんから！」

「そうか？　年齢はちょっといっているが、私の容姿もそう悪くないと思うのだが。なんなら、私が男になっても良いぞ？」

自分の顎に手を当てて、小首を傾げるアイリスさん。

むっ、アイリスさんの容姿なら、男になってもイケメンかも？

――あ、いや、ダメ、ダメ！

「そ、そういう問題じゃないです!!」

そして、変なやり取りをしている私たちを、面白そうに見ているケイトさん。

というか、冗談か本気か知らないけど、けしかけておいて放置しないでよ！

「とにかく！　私はまだ結婚するつもりなんてありません！　錬金術師として道半ば――いえ、歩き始めたばかりなんですから！」

「ふむ、なるほど。待てば海路の日和あり。店長殿がその気になるまで、傍で待っていれば良いのだな？」

「ち、が、い、ま、す！」

「だがそうなると、いつまでも店長殿と呼ぶのも、他人行儀か。今からサラサと呼んでおくべきだろうか？」

「だからぁ～～～！」

惚けたことを言うアイリスさんと、バンバンと机を叩く私。

そして、耐えかねたように噴き出したロレアちゃんとケイトさん。

そんな二人の笑い声に、思わず言葉を止めて顔を見合わせた私たちは、暫し沈黙。

自分たちの状況を少し冷静に認識し、こみ上げてきた衝動に身を任せたのだった。

「クソが！　なんで騎士爵程度に、侯爵家が出てくる⁉」

若い男の薙ぎ払った手によって、机の上の書類が床の上に散乱した。

それを冷静な目で見つめ、老齢の男が静かに応える。

「しかし、旦那様。十分以上にお金は回収できています」

「金だけだろうが！　目的が達せられていねぇ以上、失敗だ！　オイッ、何故だ!!」

「それが……どうも騎士爵と侯爵家を結びつけた人物――錬金術師がいるようで」

「またか！　また錬金術師か！　目障りなっ!!」

顔を怒りに染めた男は、拳を力強く机へと叩きつける。

そして暫し考え込むと、ニヤリと笑って老人に視線を向けた。

「……そいつについて調査しろ」

「よろしいのですか？　国法に抵触する危険性が――」

「だから調べんだろうが！　上手くやんだよ。なんのためにお前みたいな老いぼれを使ってやっていると思ってんだ！」

「……かしこまりました」

一礼して退出した老人を見送って男は息を吐くと、椅子に深く腰を下ろす。

「クフフッ、俺のシマで好き勝手はさせねぇ。ハハ、ハハハハッ!!」

彼は醜陋な顔を歪ませ、高らかに笑った。

あとがき

この度もお買い上げ、誠にありがとうございます。いつきみずほです。

おかげさまで、こうして三巻を出させて頂くことができました。

結構綱渡りな感じなので、次巻が出るか、そして私のプランクが続くかは皆様の応援次第。よろしくお願い致します。

え？　なんのことか解らない？

そういう方はカバー袖の著者プロフィールをご覧ください。


さて、この三巻では二巻のあとがきで予告した通り、ケイトさん成分がマシマシに……なってないですね、あんまり。

むしろ、アイリスにお新香扱いされてるような？　セットでお得、みたいな。

まぁ、アイリスからすれば、お金があって、高等教育を受けているサラサは、超優良物件。上手くロッツェ家に入れることができれば、とってもお得。

そのためにはケイトを付けるぐらいなんのその。ケイトもお家のためならなんのその。

そのへん、貴族なので。ネックは性別ですが、錬成薬でなんとかなるならば……？

サラサはこのまま、アイリスにゲットされてしまうのか!?

ロレアの逆襲はあるのか!?

はたまた、第三の女が現れるのか!?

もしかすると大穴、白馬の王子様とか現れちゃったりするのか!?

今後に乞うご期待！


話変わって、今回のショートストーリーはサラサの学校生活一年目のお話です。

たぶんこのあとがき、ショートストーリーの前にあるので詳細は書きませんが、本編では名前すら出てきていない先輩二人が登場しています。

サラサの数少ない学校でのお友達です。

お友達はもう一人、後輩ちゃんもいるわけですが、出るとしたら学校編二年目以降。

……いえ、学校編二年目があるかすら、未定なんですけどね。

ちなみに、お友達少ない感じのサラサですが、孤児院の子供たちとは普通に仲良しで、学校に通っていた間は、時折顔を見せに帰っています。

コミュ障じゃないですよ？

ところで皆さん、Twitterって知ってますか？

――うん、知らないわけないですよね。有名ですもんね。

私も知ってはいたのですが、使う必要性も感じず、たまに人のを見るだけだったのですが……アカウント、作ってみました。@itsukimizuhoです。

でも、使い方はイマイチ……？　人に自慢できるほど、楽しい生活、送ってないですしねぇ、私。たまに告知を流すぐらいですが、よろしければ見てみてください。


最後に謝辞をば。イラストレーターのふーみさん、いつも可愛いイラストありがとうございます。執筆のモチベーションアップに繋がっております。

編集さん、および関係者の皆様、いつもお世話になっております。

そして何より、お買い上げくださった読者の皆様、本当にありがとうございます。

この巻が出せたのは、あなたのおかげです。

今後とも応援頂けますと、これに勝る喜びはありません。

それでは、またお目にかかれることを願って、筆を擱きたいと思います。

いつきみずほ

Special Short Story

［書きおろし特別ショート・ストーリー］

サラサ、入学する

厳しい試験を無事にくぐり抜け、私が錬金術師養成学校に入学してから早数ヶ月。

私は今の生活にとても満足していた。

隙間風など皆無の寮の部屋。一人で伸び伸びと寝られるベッド。

毎食お腹いっぱい、しかも無料で食べられる美味しい料理。

何時でも使えて、大量の本に満たされた図書館。

質の高い講師陣と高度ながらも丁寧な授業。

孤児院で、お世辞にも美味しいとは言えない料理を食べながら、どこか鬱々と勉強に邁進していた日々とは大違い。充実した学習環境である。

……いや、孤独ということに関して言えば、今の方がアレなんだけど。

孤児院の子たちとは普通に仲が良かったし、一緒に勉強したり、教えてもらったりはできなくても、色々と手助けはしてくれてたから。

もっとも、今の環境にまったく不満点がないわけじゃない。

一つは、こんな恵まれた環境でも案外お金が必要なこと。

大抵の物は支給されるか貸し出してくれるんだけど、それでは不足する物もある。

取りあえず今、私に足りないのは、ノートとインク。

一定数は支給されても、自習してたらすぐに不足する。

入学前に貰えた準備金はほぼ残っていないので、バイトで稼ぐことは必須。

試験で報奨金の獲得を目指すことも、これまた必須。

これからもお金は必要になりそうだし、決して手は抜けない。

そしてもう一つは――。

「おい、見ろよ！　孤児が他人の金でメシを食っているぞ」

「目障りだよな。隅でコソコソしていれば、存在を許してやっても良いけどよ」

「あんな孤児に金を使うのは勿体ないんだよな」

コレ。私が孤児院出身だからなのか、こんな感じに時々……いや、結構頻繁に？　嫌味を言ってくる人がいるんだよねぇ。彼らだけじゃなく。

でも、私以外にも孤児院出身はいると思うのに、そういう場面を見たことはない。

何故か私だけが目の敵に――あ、今回は『何故か』じゃないか。

さっきの剣術の授業で、私が殴り倒した人だ、あれ。

名前はアルビ。他二人がマーカスとオライで、全員貴族だったはず。

でも仕方ないよね？　授業なんだもん。真面目にやらないと。

こと授業の成績に関して、私は貴族相手だからと配慮するつもりはまったくない！

それで睨まれようとも、私は絶対、錬金術師になるんだから！

「食い溜めか？　やはり孤児など、この学校には相応しくない」

「た、食べすぎなんだな。貧乏人に食わす料理が勿体ないいんだな」

食い溜めは否定しない。三回の食事は基本的に無料だけど、間食は有料。

そんな物に使うお金はないからね。

でもオライ、あなたには言われたくない！　絶対あなたの方が無駄に食べてるし。

じゃないと、その肥満体型に説明がつかないもの！

「お前！　無視すんじゃゃ――」

反論したところで意味はないと、黙々と食事を進める私にしびれを切らしたのか、アルビがこちらに手を伸ばしたその瞬間、それを制するかのように涼やかな声が響いた。

「まぁ、ラシー、ご覧になって。雛鳥が囂しくも囀っていますわ」

「プリシア、あれは春の風物詩らしいぞ？　所詮、飛び立つこともできずに落ちる不良品にすぎない。相手にする価値もない」

「誰だ！　オイ！」

明らかにアルビたちを揶揄する言葉に、彼らは語気を荒らげて後ろを振り返る。

そこにいたのは、ふわりと広がった長いブロンドとペールブルーの瞳を持った女の子に、青みがかった濃い色の髪を後ろで纏めた、少し背の高い女の子の二人組。

一応は貴族でも、初見では悪ガキにしか見えない男の子たちと違い、とても高貴っぽい雰囲気を漂わせている——たぶん、先輩。同い年には見えないし。

「あら、何かご不満でも？　孤児も受け入れると決めたのは国王ですわよ？　あなたはそれに異を唱えるのかしら？　——あなた程度の人間が？」

肩を怒らせたアルビにもまったく動じる様子を見せず、先輩はニコリと微笑む。

うん、格が違うね。

「なっ！　——っ」

アルビは顔を赤く染めたが、その背後から顔色を別の色に変えたマーカスが、慌てたように手を引いて、その言葉を止めた。

「ア、アルビ君。あれはカーブレス侯爵家のお嬢様だ。その隣はヘイズ伯爵家の……」

「なにっ!?　……本当か？」

「間違いないよ、見たことがある。ま、マズいよ、侯爵家に目を付けられたら……」

その後の決断の早さは、ある意味では見事だった。

「……び、貧乏人と同じ場所で食事など、気分が悪い。オイ、行くぞ！」

捨て台詞としても出来の悪い言葉を残し、即座に逃げるように去って行くアルビたち—

行――いや、事実逃げたんだろうね。

彼らの爵位は知らないけれど、少なくとも侯爵家に比肩しうるようなレベルじゃなさそうだし。なんというか、小物感が。

でも、先輩たちに謝罪は必要ないのかなぁ？

「まったく。――ここ、ご一緒してもよろしいかしら？」

アルビたちの背中を呆れたように見送り、先輩はこちらに目を向けて微笑む。

「あ、はい、もちろんです」

四人掛けのテーブルには私しか座っておらず、しかも相手は面倒な男の子たちを追い払ってくれた人。貴族の相手は少し緊張するけど、拒否する理由は何もない。

「えっと……ありがとうございます？」

「同じ貴族としてお詫び致しますわ。……余計なお世話だったかしら？」

何故助けてくれたのか、その疑問が私の顔に出ていたのかもしれない。

少し首を傾げて訊き返した先輩に、私は慌てて首を振る。

「いえ、嫌味だけなら聞き流せば良いですが、変に絡まれると時間が無駄になりますから、助かりました。何故か私、絡まれることが多くて」

そう答えた私の言葉を聞き、先輩たちは少し驚いたように目を瞬かせる。

「何故というか……気付いていないのか？」

「……？　何をですか？」

「あなた、サラサ・フィードさんよね？」

「え、えぇ、そうです。よくご存じですね？」

同級生ならまだしも、私みたいに友達がいるわけでもなく、目立ちもしない人間、先輩の中に名前を知っている人がいるとは、ちょっと予想外。

「ふむ。勘違いしているようだが、フィード君は有名だぞ？」

「はい……？　……冗談？」

「冗談ではありませんわ。今年の入試の総合成績。一位だったではありませんか」

「え、それ、初耳です。本当ですか？」

困惑顔で訊き返した私を見て、先輩たちも同じような顔になったが、すぐ何かに気付いたように頷く。

「なんで本人が……あぁ、そういえば、順位表が貼り出されるのはあまり目立たない場所か。告知があるわけでもない。たまたまそこを通るか、学校の友人から聞きでもしない限り、知らないのも当然かもしれない」

学校の友人——私には存在しない物ですね、それ。

「この学校では一応、身分は関係ないとなっていますが……やはり孤児がトップだったのが気に入らない人物もいるということですわ」

「まぁ、あまり心配せずとも、ああいうのは半年もすれば消えていく。退学になって」

この国最高の学校に入学できたという事実は、貴族としてもそれなりの箔となる。

それ故、高額な家庭教師を付け、子供を学校に押し込む親は一定数いるらしい。

しかし、学校に入って以降は本人の努力次第。

必死に学ぼうとしない子供の在籍を許すほど、ここは甘い学校ではなく、アルビのような子供は数度の試験を経るうちに淘汰され、どんどん数を減らしていくことになる。

「ああいう輩は、一年もすればまず残っていませんわ。――そういえば、自己紹介がまだでしたね。私はプリシア・カーブレスですわ」

「私はラシー・ヘイズ。プリシア共々二年だから、君の一年先輩だね」

「あ、はい。ご存じのようですが、サラサ・フィードです。今年入学しました」

先ほどまでとは打って変わって、優しい笑みを浮かべる先輩たちに慌てて私も名乗る。

「サラサさん、と呼んでもよろしいかしら？」

「はい、お好きなように呼んでください」

「ありがとうございます。そんなわけですから、サラサさんもあまり気にされない方がよろしいですわ」

「はい、あまり気にしていません。私がタダで勉強できるのも、たくさん食べているのも事実ですし。たくさん食べて、大きくなるんです！」

「そういえば、サラサさんは少し……小柄ですわね？」

うん、それは気を遣った控えめな表現というものですね？

一般的表現をするなら、年齢の割にチビとか、貧相とか、そんな感じがお似合いの私。

原因は、まぁ、親が亡くなって色々あったから……ね。

「ふむ。その年齢なら、まだまだ成長する。きっと大きくなれるだろう」

「ですよね？　期待して良いですよね？」

「ええ、きっと。――そのままでも十分お可愛らしいとは思いますけど」

「そう言って頂けるのは嬉しいですが……」

「あ、いえ、もちろん、たくさん食べるのは良いことですわよ？　私からすると、ここの料理はちょっと量が多いですけど」

「身体を動かす授業も多いからね。男の子にはちょうど良いんじゃないかい？」

平民も貴族も区別しないという流れからか、同じメニューなら提供される量は同じ。

それは男女、年齢の違いがあっても変わらない。

つまり、一〇歳の女の子と、一五歳の男の子。両方出てくる量が変わらないということで……うん。私や先輩からすれば、多いのは間違いない。

なお、さすがに後者がお腹いっぱいになる量を全員に出すのは無駄ということなのか、無料で提供されるメニューに関しては、おかわり自由となっている。

「味は悪くないんですけど、女の子向けのメニューがあっても良いと思いますわ」

「正直に言えば、私も量を減らして質を上げて欲しくはあるね」

そんな先輩たちが食べているのは、追加料金が必要な、ちょっとお高いメニュー。

無料で食べられる私の料理も美味しいけど、先輩たちのは明らかに違う。

だって甘そうな、そして高そうなデザートがついてるし！

そんな私の視線は、プリシア先輩にも気付かれていたようで――。

「……サラサさん、召し上がりますか？」

「良いんですか？　私、遠慮しませんよ？」

クスクスと笑いながら言われ、ちょっと恥ずかしいけど、私には実利の方が大事。

「ええ、私はもうお腹いっぱいですから。どうぞ？」

「で、では、遠慮なく！」

差し出されたお皿に手を伸ばし、早速一口。

「あ、美味しい！　甘いお菓子なんていつ以来かなぁ……」

思わず言葉を漏らした私の様子を、じっと見つめる先輩たち。

そんな目で見ても、貰ったデザートは返さないよ？


そしてその日以降、私と先輩たちは時々一緒に食事を摂るようになり、その影響もあってか、私に対して嫌味を言う人はグッと数を減らしたのだった。

◇　◇　◇

それは、先輩たちと仲良くなってしばらく経ったある日のこと。

いつものように図書館で勉強していた私の元に、プリシア先輩が駆け込んできた。

「サラサさん、聞きましたわよ！」

しかしここは静寂が重んじられる図書館。

「プリシア先輩、図書館ではお静かに」

口元に指を当てて苦言を呈せば、先輩は慌てて口を押さえ、こちらにちょっと鋭い視線を向けている司書さんと私の間で視線を往復させる。

「まぁ、落ち着いて座ってください。——それで、どうしたんですか？」

プリシア先輩と、その後ろで苦笑しているラシー先輩に椅子を勧め、改めて尋ねた。

「サラサさん、ミリス様のお店に採用されたって、本当ですの？」

腰を下ろしたのも束の間、身を乗り出すように私に迫り、肩を掴むプリシア先輩の迫力に私は身を引きつつ、首を傾げる。

「ミリス様？　それって……？」

「ご存じないの⁉　マスタークラスの錬金術師、オフィーリア・ミリス様ですわ‼」

「マスター、クラス……？」

「そこからですのぉぉ⁉」

取り戻された静寂が、甲高く響き渡る声で再び破られる。

「プリシア……」

ラシー先輩の呆れたような声と、司書さんから突き刺さる鋭い視線、それに「ゴホンッ！」と聞こえる咳払い。

うん、これはダメだね。

これ以上いたら、次回以降に使いづらくなる。

「……出ましょうか」

「すみませんわ……」

しょんぼりしてしまったプリシア先輩に苦笑しつつ、私たちは図書館を後にした。

場所は変わって中庭。

錬金術師養成学校には貴族も多く在籍するためか、綺麗に整えられた中庭には、いくつかのテーブルが並べられ、そこでちょっとしたお茶会ができるようになっている。

私たちが今座っているのも、そんなテーブルの一つ。

そしてそのテーブルの上に並んでいるのは、プリシア先輩がお詫びと言って買ってきてくれた甘いお菓子と、ラシー先輩の淹れてくれたちょっとお高めのお茶。

私のお茶に対する概念を変えてくれた代物。

二人と友達になってから時々飲ませてもらっているけど、今後、安物のお茶が飲めなくなりそうなのがちょっと怖い。

そんなお茶と美味しいお菓子で一息入れてから、私は口を開く。

「それで、なんでしたっけ？　確かに私が採用されたお店の店長さんは、オフィーリアさんという名前だったと思いますけど……マスタークラス、ですか？」

素直な疑問を口に出した私に、プリシア先輩だけではなく、ラシー先輩からも少し呆れたような視線が向けられる。

「サラサさんは錬金術師を目指しているのに、マスタークラスをご存じないんですの？」

「すみません……」

孤児からでも成り上がれるからと目指しただけで、私は決して錬金術師の実情に関して詳しいわけじゃないのだ。

そういうことって誰かから聞くしかないと思うけど、私の周辺にいた人は孤児の仲間と孤児院の先生ぐらい。得られる情報も限られていた。

「そ、そうでしたわね。ま、まぁ良いですわ」

そのことに気付いたのか、ちょっと気まずそうに視線を逸らしつつ、先輩が装飾過多に教えてくれたことを簡単に纏めれば、『マスタークラスとは錬金術師の頂点で、一握りの人しかなれない、とても尊敬すべき人』ということらしい。

「その中でもミリス様は、若い女性でありながらマスタークラスにまで上り詰めた、素晴らしい方なのです！」

「すまないね、サラサ。プリシアはミリス様のファンなんだよ」

「ええ、とてもよく解ります」

先輩の口調と、そのキラキラと輝く表情を見るだけで。

「プリシア、そのぐらいで。本題は違うだろう？」

「おっと、そうでしたわ。是非、ミリス様のサインとちょっと良い話を――」

「それも違うだろう、プリシア？」

少し低くなったラシー先輩の声に、プリシア先輩は数度瞬きをして、こくりと頷く。

「でしたわ。――サラサさん、いつも制服で過ごされていますよね？」

「ええ、そうですね。便利ですから。……お金も掛からないですし」

急に変わった――いや、戻った？　話に戸惑いつつも、私は答える。

とても素敵なことに、制服と運動着は学校から無料で支給される。

しかも、通常の使用で消耗、もしくは成長によって合わなくなったのであれば、無制限に新しい物が貰える。つまり、服飾費が実質無料。

そう、無料。魅惑的な響きである。

「ダメですわ！」

しかし、プリシア先輩的にはお気に召さなかったらしい。

「女の子は食事のみで生きるにあらず。甘い物とオシャレで心の栄養補給ですわ！　バイトを始めてお金に余裕ができましたわよね？　お買い物、行きません？」

確かにあのお店のバイト代は、他と比べてとても良い。

たまには贅沢しても良いんじゃ？　と勘違いしてしまいそうなほど。

でも私には目標がある。私は強い意志で首を振ろうとしたが――。

「サラサ、プリシアは末っ子だから妹が欲しかったんだよ。面倒かもしれないが、付き合ってやってくれないかい？」

苦笑しながら、ラシー先輩がこっそりと囁いた言葉に、私は暫し考え込む。

先輩たちには普段からお世話になっているし、こうして美味しい物もごちそうしてもらっている。それを考えると……。

「解りました。お付き合いします」

「まぁ！　ありがとうございます。では早速向かいましょう！」

「あ、でも、先輩たちが行くようなお店だと、買えませんよ？」

「大丈夫ですわ。良いお店を見つけていますから」


自信満々な先輩に連れられて行ったお店は、意外や意外。古着屋だった。

小綺麗な外観ながらも、平民がちょっと贅沢をして買うような服を扱っているお店で、私でも手が出なくもない、という絶妙なライン。

お店の中に並んでいる色鮮やかで綺麗な服に、正直、心が躍る。

けど、そんな私以上に躍っているのはプリシア先輩。

正に躍るような足取りで服を集めると、私に押しつけて背中を押す。

「さぁさぁ、サラサさん。着てみてください」

「は、はい」

押し込まれるように試着室に入り、何故か一緒に入ってきたプリシア先輩に指示されるまま、服を着替える。

「うん、うん。サラサさんにはワンピースも似合いますわね。こちらの明るめの色に、このボレロを合わせても……可愛いですわ！」

「そ、そうですか……？　えへへ」

「あぁ、でも、ショートパンツに大きめの上着を合わせるのもありですわ。こちらのフード付きのチュニックも捨てがたい……」

「この色、良いですね。生地も丈夫そうだし」

私もオシャレは嫌いじゃない。

可愛い服を着ると楽しいし、接ぎの当たっていない服はやっぱり嬉しい。

「あら！　異国風の服まで置いてありますのね。——エキゾチックで良い感じです」

「悪くないですけど、着慣れないですね」

孤児院ではそんな余裕もなかったから、服を選ぶ能力に自信はないけど、人が私に似合う服を選んでくれるのは満更でもない。

「ロングスカートも捨てがたい！　ちょっと大人っぽいコーディネートもありですわ。小さい子が背伸びしている感じがなんとも……」

けどそれも、限度がある。

既に結構な時間が経過しているのに、本来の目的を忘れたかのように私を着せ替え人形にするプリシア先輩に付き合うのは、なかなかに体力を消耗する。

「ラ、ラシー先輩……」

「頑張れ♪」

いえ、そんな素敵な笑顔を向けられても……助けてくれません？

できれば代わって欲しいけど、ラシー先輩だと、こんなお店では買わないよねぇ。

店員さんも、明らかに貴族っぽい先輩たちには何も言えないのか、引きつった笑みを維持しつつ、居心地悪そうに傍に立つのみ。

そして更に時間が経ち——。

「むむ……一つしか選べないのは残念ですが、今日はこれにしましょう」

「あ、ありがとうございます……」

最終的にプリシア先輩の厳しい選考をくぐり抜(ぬ)けたのは、膝丈(ひざたけ)のスカートに緩(ゆる)めのセーターを合わせたコーディネートだった。

どちらも質、状態共に良く、私が成長しても長く使えそう。

それだけに、気になるのはお値段。

私はそれを持って、安堵(あんど)の表情を浮(う)かべた店員さんに値段を尋ねた。

「これ、おいくらですか？」

「そうですね、その二つで――ひっ⁉」

「はい？」

答えようとした店員さんの視線が私の背後に流れた瞬間(しゅんかん)、その表情が歪(ゆが)み、口からは引き付けでも起こしたかのような声が漏(も)れる。

虫でもいたのかな？　と背後を振り返ってみても、そこにいるのはニコニコ笑顔のプリシア先輩だけ。

「す、すみません。ちょっと、しゃっくりが」

「はぁ、そうですか？」

「え、えっとですね、その服の値段はですね、一式で、ですね……」

なんだか店員さんの目が泳いでいる気がするけど……。

あ、解った！

店員さん、ちゃんと値段を覚えていないんだ！

ダメだよ、値段の把握は商人の基本中の基本。

訊かれたら、スパッと答えられるようにならないと！

でも、そういうこともあるよね、と広い心で見守る私に、暫し考えるようにしていた店員さんから告げられたのは、私でも十分に手が届くお値段。

もしかすると値付けを間違っているのかもしれないけど、商人の子供として、安く買える機会を逃すわけにはいかない。

「良くやりましたわ。これを取っておきなさい」

私は素早くお金を払うと、服を受け取って、そそくさとお店を出る。

「はうっ!?　お、多すぎます！」

「でしたら、今後あの子が訪れたときには、値引きをしなさい」

「わ、解りました……」

などというやり取りが、背後で行われていることに気付かずに。

綺麗な服を安く手に入れて、心は軽いが身体は重い。

先輩の熱量がちょっと凄すぎた。そろそろ帰って休みたい。

「プリシア先輩、今日はありがとうございま――」

そう思って告げた挨拶を、プリシア先輩がビシリと遮った。

「まだですわ！　サラサさん、その髪！　ボサボサ……ではありませんが、長すぎませんこと？　前髪で目が隠れ気味じゃありませんか」

先輩の指摘を受け、私は前髪をかき上げて、その長さに頷く。

「さすがに、そろそろ切らないと邪魔ですね。学校でハサミ、借りられるでしょうか」

孤児院にはあったけど、私物ではないので、持ってきていない。

買うには高いし、学校で借りられないようなら、孤児院で借りることも考えないと。

「……借りてどうするんですの？」

「え？　もちろん、髪を切るんですけど」

「……自分で？」

「自分で」

「許されざる行為ですわ！」

「そこまで!?」

庶民なんてハサミすら使わず、ナイフで切ったりしますけど!?

「解りました。ちょうど今日は、私も髪を切りに実家へ戻るところでしたの。サラサさんもついていらっしゃいな」

「え、えぇえ？　プリシア先輩の自宅って、侯爵家のお屋敷ですよね？」

「屋敷と言うほど大した物ではありませんわ。王都にあるのは」

ラシー先輩に視線を向ければ、肩をすくめた先輩から、苦笑と共に返ってきたのは。

「侯爵家としては、大したことないんじゃないかな？」

――不安しかない！

「さぁ、行きますわよ！」

そんな私の戸惑いを余所に、プリシア先輩に手を引かれるまま連れて行かれた先は、どう見ても大きな――いや、すっごく大きなお屋敷だった。

気後れする私と違い、平然と歩いて行くラシー先輩を追いかけて、お屋敷の中へ入ってみれば、出迎えてくれたのは年若いメイドさん。

彼女はこちらに目を向けると、不思議そうな表情を浮かべて口を開く。

「あら？　お嬢様……？　今日、ご帰宅のご予定は――」

「あったんですのよ。髪を切りに帰ってきましたの」

「髪、ですか？　つい先日――」

「シャラップ、ですわ！　良いから担当をお呼びなさい」

「……かしこまりました」

なんだか釈然としない様子ながら、メイドさんは素直に頭を下げて下がった。

プリシア先輩は満足したように頷いて彼女を見送ると、再び私たちを先導する。

「サラサさんとラシーはこちらですわ」

そうして通されたのは、人生で初めて足を踏み入れる豪華な部屋……たぶん！

いや、なんか、調度品の質が良すぎて、価値が判らない!!

絶対座っちゃダメなレベル！　ってソファーに座らされ固まっていること暫し。

先ほどとは違うメイドさんが、ハサミを持って部屋に入ってきた。

「失礼致します。お嬢様、髪を整えたいとのことでしたが……」

「ええ、毛先を整えてくださる？」

プリシア先輩の言葉にメイドさんはラシー先輩、私と視線を巡らせ、理解したように頷くと、床に布を広げた。

「かしこまりました。ではこちらへ」

先輩が椅子に座り、メイドさんがチャキチャキとハサミを動かし――一瞬で終わった。

「さ、次はサラサさんの番ですわ」

「こちらへお掛けください」

こうなると、さすがに私でも気付く。

先輩が髪を切るなんて口実であることを。

けどここで遠慮するのは、先輩の本意じゃないだろうし、素直に椅子に座る。

「どのように致しましょうか？」

「特には……適当にザックリと切ってもらえれば」

私の首回りに布を巻き付けつつ訊くメイドさんにそう答えれば、即座に反応したのはメイドさんではなく、プリシア先輩だった。

「そんな適当ではダメですわ！」

「えぇ……？　じゃあ、先輩にお任せします」

髪型なんて気にする余裕もなかった私に、注文を付けられるほどの知識はない。それ故、先輩に任せておけば、変なことにはならないだろうと早々に丸投げを決定する。

「まぁ、よろしいの？　サラサさんでしたら、ショートも似合うと思いますが……ラシー、どう思います？」

「それも悪くないと思うけど、サラサの性格からしたらロングの方が良いんじゃないかい？　多少伸びても格好がつくだろう？」

「いえ、お嬢様、この方の髪質だと――」

私の髪を囲んで、議論を始めた三人のやり取りを聞きながら、私は流れに身を任せた。

◇　◇　◇

ガチャリ。

軽い足取りで寮まで帰ってきた私は、自室に戻るとしっかりと部屋に鍵を掛け、ベッドの上に買ってきた服を広げた。

「ふふふっ、買っちゃった！」

もうずっと着ることのなかった綺麗な私服に、思わず笑みが漏れる。

「これは、特別なときにだけ着るつもりだけど……今日は良いよね？」

三人（最初に出迎えてくれたメイドさんも後から参戦したので、正確には四人）による議論の結果、私の髪型はセミロングのハーフアップに整えられていた。

しかも、『余っているから』と高そうなリボンまで付けてくれたので、私の髪型は今、生まれてからもっとも素敵な状態！

そして目の前にあるのは、これまた上等な服。

入学の時にも服は買ったけど、あの時は自分で選んだから、今日ほど思い切れなかった。

この状態で着てみないなんて、嘘（うそ）だよね？

いそいそと制服を脱（ぬ）ぎ、私は買ったばかりの服を着込む。

身体を動かせばふわりと広がるスカートと、肌触（はだざわ）りの良いセーターに心が躍（おど）る。

私だって女の子。可愛（かわい）い格好をするのが楽しくないはずもない。

「くふふ、私、良い感じじゃないかな？」

もしかして、ちょっとお嬢様っぽくない？

プリシア先輩みたいな本物じゃないけど、〝それっぽい〟ぐらいにはなれたかも？

私は自分の着ている服を見下ろし、もう一度くるりと回った。

新米錬金術師の店舗経営03

お金がない？

令和２年３月20日　初版発行
令和３年10月25日　再版発行

著者――いつきみずほ

発行者――青柳昌行
発　行――株式会社KADOKAWA
〒102-8177
東京都千代田区富士見2-13-3
0570-002-301（ナビダイヤル）
印刷所――株式会社KADOKAWA
製本所――株式会社KADOKAWA

※定価はカバーに表示してあります。
●お問い合わせ
https://www.kadokawa.co.jp/（「お問い合わせ」へお進みください）
※内容によっては、お答えできない場合があります。
※サポートは日本国内のみとさせていただきます。
※Japanese text only

ISBN978-4-04-073637-2 C0193　◆◇◇